A gata do Dalai Lama

A Arte de Ronronar

A GATA DO DALAI LAMA

A ARTE DE RONRONAR

um romance de
DAVID MICHIE

Tradução de Barbara Tannuri e Simone Resende

Lúcida Letra
Editora interdependente

© 2013 David Michie

Direitos desta edição:
© 2022 Editora Lúcida Letra

Título original: *The Dalai Lama's Cat and The Art of Purring*
Publicado originalmente em 2013 por Hay House Inc. USA

Editor: Vítor Barreto
Revisão da tradução: Joice Costa
Revisão: Thaís Lopes e Édio Pullig
Design da Capa: Amy Rose Grigoriou
Design do miolo: Pamela Homan

Impresso no Brasil. *Printed in Brazil*

1ª edição, 04/2016, 2ª edição 01/2022

Dados Internacionais de Catalogação na Publicação (CIP)

M624a	Michie, David.
	A arte de ronronar / David Michie ; tradução de Barbara Tannuri e Simone Resende. – [2. ed.] – Teresópolis, RJ : Lúcida Letra, 2022.
	240 p. ; 21 cm. – (A gata do Dalai Lama)
	ISBN 978-65-86133-51-6
	1. Budismo - Ficção. 2. Budismo - Filosofia - Literatura. 3. Ficção religiosa. I. Tannuri, Barbara. II. Resende, Simone. III. Título. IV. Série.
	CDU 82:294.3

Índice para catálogo sistemático:
1. Budismo : Ficção   82:294.3

(Bibliotecária responsável: Sabrina Leal Araujo – CRB 8/10213)

Errar é humano, ronronar é felino.

Robert Byrne, escritor

Prólogo

Ah, que bom! Até que enfim você voltou! Se me permite dizer, você demorou! Sabe, caro leitor, tenho um recado para você. Não um recado corriqueiro, e, certamente, não de uma pessoa comum. E, além disso, diz respeito à sua felicidade mais profunda e pessoal. Não adianta olhar para trás e nem para os lados... Este recado é realmente para você.

Não é todo mundo que pode ler estas palavras — somente uma pequeníssima minoria de humanos tem esse privilégio. Você também não deve pensar que esta é alguma espécie de obra do acaso, que fez com que você lesse essas linhas neste exato momento da sua vida. Somente aqueles entre vocês com um karma bem específico irão um dia descobrir o que estou prestes a dizer — leitores que possuem uma conexão especial comigo.

Ou devo dizer *conosco*.

Sabe, eu sou a Gata do Dalai Lama, e o recado que tenho para você vem de ninguém mais, ninguém menos, que Sua Santidade. Como eu posso fazer uma alegação tão estapafúrdia? Será que estou fora do meu juízo perfeito? Se me permite enroscar-me em seu colo metafórico, eu posso explicar.

Em algum momento da vida, quase todos os apaixonados por gatos se deparam com um dilema: como dizer ao seu felino que você vai deixá-lo? E não se trata apenas de um fim de semana prolongado.

A maneira exata de *como* os humanos dão a notícia de sua ausência iminente é um assunto de grande preocupação para os gatos. Alguns de nós gostamos de ser advertidos com antecedência e inúmeras vezes, para que possamos nos preparar mentalmente para as mudanças em nossas rotinas. Outros preferem que a notícia caia dos céus sem prévia proclamação dos arautos, como um melro zangado em época de nidificação: quando você se der conta do que está por acontecer, já aconteceu.

Curiosamente, os membros da nossa equipe parecem ter um sexto sentido para esse tipo de coisa e agem de acordo com a situação, alguns bajulam seus bichanos por semanas antes da partida, outros exibem a temida gaiola de gatos saída de dentro do armário sem aviso prévio.

Quanto a mim, estou entre os mais afortunados dos gatos, pois quando o Dalai Lama viaja, a rotina doméstica em Namgyal é praticamente a mesma. Continuo passando parte do dia no peitoril da janela do primeiro andar, um ponto de observação estratégico, de onde posso manter a máxima vigilância com o mínimo de esforço, assim como na maioria dos dias passo algum tempo no escritório dos assistentes de Sua Santidade. Há também minha caminhada habitual pelos agradáveis arredores até as deliciosas tentações do Café & Livraria do Himalaia.

Mesmo assim, quando Sua Santidade não está aqui, a vida não é a mesma. Como poderia descrever o que é estar na presença do Dalai Lama? É simplesmente extraordinário. A partir do momento em que ele entra em um ambiente, todos os seres ali presentes são tocados por sua energia de felicidade sincera. Qualquer outra coisa que porventura estiver acontecendo em sua vida, seja qual for a tragédia ou perda que você possa estar enfrentando, durante o tempo em que estiver com Sua Santidade, terá a sensação de que, no fundo, está tudo bem.

Se nunca teve esta experiência, é como ser despertado para uma dimensão de você mesmo que sempre esteve ali, fluindo como um rio subterrâneo, mas que até agora passava despercebida. Uma vez reconectado a esta fonte, você não só vivencia uma paz profunda e uma nascente no centro do seu ser, como pode também, por um momento, vislumbrar sua própria consciência radiante, sem limites e imbuída de amor.

O Dalai Lama nos vê como realmente somos e reflete a nossa verdadeira natureza. É por isso que tantas pessoas simplesmente derretem em sua presença. Já vi homens importantes de ternos escuros chorarem só porque foram tocados por ele. Os líderes religiosos mais importantes do mundo fazem fila para conhecê-lo, e depois voltam para a fila para serem apresentados a ele uma segunda vez. Já vi cadeirantes chorarem de felicidade quando ele se embrenhou pela multidão para segurar-lhes a mão. Sua Santidade nos faz lembrar do melhor que podemos ser. Há dom maior que esse?

Então você entenderá, caro leitor, que embora eu continue a aproveitar uma vida de privilégio e conforto quando o Dalai Lama viaja, ainda prefiro quando ele está em casa. Sua Santidade sabe disso, assim como sabe que eu sou uma gata que gosta de ser avisada quando ele vai viajar. Se qualquer um de seus assistentes — o jovem Chogyal, o monge rechonchudo que o ajuda com as questões do monastério, ou Tenzin, o diplomata experiente que o ajuda com assuntos laicos — lhe apresenta um pedido que envolve viagem, ele levanta os olhos e diz algo como "Dois dias em Nova Deli no final da próxima semana".

Eles podem pensar que o Dalai Lama está apenas confirmando a visita. Na realidade, ele está dizendo isso visando especificamente ao *meu* benefício.

Nos dias que antecedem uma estada mais longa, ele me lembra da viagem visualizando o número de dormidas — isto é, noites — que passará fora. E, na última noite antes de sua partida, sempre arruma tempo de qualidade para ficar comigo, só nós dois. Nestes poucos minutos, comungamos da maneira mais profunda possível entre gatos e seus humanos.

Isso me traz de volta ao recado que Sua Santidade pediu que eu desse a você. Ele o mencionou na noite anterior à sua partida para uma viagem de ensinamento de sete semanas aos Estados Unidos e à Europa — o período mais longo que já passamos separados. Enquanto o crepúsculo caía sobre o Vale de Kangra, ele se levantou de sua escrivaninha, caminhou até o parapeito onde eu descansava e ajoelhou-se ao meu lado:

— Tenho que partir amanhã, minha pequena Leoa da Neve — disse, olhando bem dentro dos meus olhos azuis, enquanto me chamava pelo meu apelido carinhoso favorito. É o que mais me encanta, uma vez que os tibetanos consideram que os leões da neve são seres celestiais, símbolos de beleza, coragem e alegria. — Sete semanas é mais tempo do que costumo me ausentar. Sei que gosta de me ter por perto, mas há outros seres que precisam de mim também.

Levantei-me de onde descansava, esticando minhas patas dianteiras, e dei uma boa espreguiçada antes de bocejar com vontade.

— Que boquinha rosa mais linda — disse Sua Santidade, sorrindo. — Estou feliz em ver que seus dentes e gengivas estão saudáveis.

Aproximei-me e dei-lhe uma cabeçada carinhosa.

— Ah, você me faz rir! — disse.

Permanecemos assim, testa com testa, enquanto ele passava os dedos pelo meu pescoço.

— Ficarei fora por um tempo, mas a sua felicidade não deve depender da minha presença. Mesmo sozinha você pode ser muito feliz.

Com a ponta dos dedos, ele massageou a parte de trás das minhas orelhas, do jeito que eu gosto.

— Talvez você ache que a felicidade vem do fato de estar comigo ou da comida que te oferecem no Café.

Sua Santidade não tinha ilusões quanto aos motivos que me levavam a ser uma frequentadora tão assídua do Café & Livraria do Himalaia.

— Mas, durante as próximas sete semanas, tente descobrir por si mesma a verdadeira causa da felicidade. Quando eu voltar, você pode me contar o que encontrou.

Com profundo amor, o Dalai Lama me pegou no colo gentilmente e se levantou, observando a vista do Vale de Kangra pela janela. Era uma visão magnífica: o vale verdejante e sinuoso, as ondulações verdes das florestas. Ao longe, as montanhas nevadas do Himalaia brilhavam com o sol da tarde. A brisa suave que soprava pela janela inundava a sala com o aroma fresco de pinho, rododendro e carvalho; um ar cheio de encantamento.

— Vou lhe contar as verdadeiras causas da felicidade — sussurrou em meu ouvido. — Um recado especial somente para você — e para aqueles com quem você possui uma conexão cármica.

Comecei a ronronar, o que logo se transformou em um som profundo e constante, como o motor de um barco em miniatura.

— Sim, minha pequena Leoa da Neve — disse o Dalai Lama —, gostaria que investigasse a arte de ronronar.

Capítulo 1

Querido leitor, você alguma vez já se maravilhou com a forma como algumas decisões aparentemente triviais podem levar a mudanças importantes na vida? Você faz o que acredita ser uma escolha rotineira e monótona, e ela acaba por ter resultados tão dramáticos quanto imprevisíveis.

Foi exatamente isso o que aconteceu na tarde de segunda-feira quando, ao sair do Café & Livraria do Himalaia, em vez de ir direto para casa, resolvi pegar a suposta estrada panorâmica. Não era uma estrada por onde eu passasse com frequência pela simples razão de que não é lá muito panorâmica — nem mesmo é uma estrada. É mais um beco humilde que passa atrás do Café e adjacências.

Por ser um caminho mais longo, sabia que levaria uns dez minutos a mais do que os cinco habituais para chegar a Namgyal. Mas, como passei a tarde dormindo na estante de revistas do Café, sentia necessidade de alongar minhas pernas. Então, ao invés de virar à direita, virei à esquerda. Atravessei a porta lateral, virei novamente à esquerda e caminhei pelo beco estreito usado para colocar as latas de lixo abarrotadas de restos de comida de aromas irresistíveis. Segui meu caminho, cambaleando um pouco, por conta da fraqueza nas minhas patas traseiras que me acompanha desde que eu era filhote.

Interrompi minha caminhada para explorar um intrigante objeto prata e marrom alojado embaixo do portão dos fundos do Café e descobri que era apenas uma rolha de champanhe que de alguma forma ficara presa na grade.

Foi quando estava me preparando para virar novamente à esquerda que tive consciência do perigo pela primeira vez. A uns vinte metros de distância, avistei, na rua principal, dois cães dos mais ferozes que já havia visto. Não eram daquela região. A sua presença era muito ameaçadora — parados na rua, com os focinhos dilatados e seus longos pelos ondulados na brisa da tarde.

E o pior de tudo, estavam sem coleira.

Pela experiência, o que eu deveria ter feito naquela hora era bater em retirada e voltar para o beco, entrar pelo portão dos fundos do Café, onde estaria em segurança, atrás das grades que eram largas o suficiente para que eu pudesse passar, mas estreitas o suficiente para deter aqueles monstros.

Exatamente enquanto me perguntava se eles haviam me visto, eles me viram, e de maneira instantânea a perseguição começou. O instinto me fez virar à direita e correr tão rápido quanto minhas pernas claudicantes puderam me levar. Com o coração acelerado e os pelos eriçados, corri desesperadamente em busca de um refúgio. Naqueles poucos momentos de descarga de adrenalina, me senti capaz de ir a qualquer lugar e de fazer qualquer coisa — fosse subir na mais alta árvore ou me espremer por entre a brecha mais estreita.

Mas não havia uma rota de fuga nem um terreno seguro. O latido cruel dos cães estava cada vez mais alto à medida que eles se aproximavam.

Em pânico absoluto, sem ter para onde ir, corri para uma loja de especiarias, pensando que poderia encontrar algum lugar que pudesse escalar e ficar em segurança, ou pelo menos despistar os cães do meu cheiro.

A pequena loja estava repleta de caixas de madeira contendo tigelas de bronze cuidadosamente arrumadas, cheias de especiarias. Várias senhoras que moíam grãos com pilões em seus colos soltaram gritos assustados quando passei por entre seus tornozelos, seguidos de berros indignados quando os cães, sedentos por sangue, seguiram o meu rastro.

Ouvi um estrondo de metal no concreto quando as tigelas caíram. Nuvens de pó explodiram no ar. Correndo para o fundo da loja, procurei uma prateleira em que pudesse pular, mas encontrei apenas uma porta firmemente fechada. Havia uma brecha entre dois baús, grande o suficiente para eu me enfiar. Atrás dela, no lugar de uma parede, uma folha de plástico rasgado dava para uma ruela deserta. Empurrando os baús com suas cabeças enormes, os cães ladravam freneticamente. Aterrorizada, examinei a valeta às pressas: era um beco sem saída. A única via retornava para a estrada.

De dentro da loja de especiarias dava para ouvir os ganidos lamentosos dos cães, enquanto as mulheres furiosas apreendiam os dois brutamontes. Com meu pelo branco, geralmente lustroso, salpicado de especiarias de todas as cores, avancei pela valeta até chegar à estrada e corri o mais rápido que minhas frágeis pernas traseiras conseguiram. Era uma subida leve, mas, ainda assim, difícil. Mesmo forçando cada músculo do meu ser, meus esforços não foram suficientes. Lutando para me afastar o máximo possível dos cães, procurei algum lugar, qualquer lugar que oferecesse proteção. Mas tudo o que via eram vitrines, paredes de concreto e portões de ferro impenetráveis.

    Atrás de mim, os latidos escandalosos continuavam, acompanhados dos gritos furiosos das mulheres da loja de especiarias. Virei-me para vê-las enxotando os cães para fora, batendo-lhes nos flancos. Com olhos esbugalhados salivando profusamente com suas línguas para fora, as duas feras se aproximavam pela calçada, enquanto eu continuava me esforçando na subida, torcendo para que o fluxo constante de pedestres e carros camuflasse a minha localização.

    Não houve escapatória.

    Poucos instantes depois, as duas bestas sentiram o meu cheiro e retomaram a perseguição. Rosnados ferozes me encheram de medo. Eu havia ganhado terreno, mas não o suficiente. Em pouco tempo as duas feras me alcançariam. Ao me aproximar de uma propriedade cercada por um muro branco muito alto, avistei uma treliça de madeira afixada ao muro, do lado de um portão preto de ferro. Nunca antes na vida havia feito o que fiz em seguida, mas que escolha eu tinha? Apenas segundos antes de os cães me alcançarem, pulei na treliça e comecei a subir, tão rápido quanto minhas peludas pernas cinzas eram capazes. Com grandes saltos, subi cada vez mais alto, pata após pata.

    Tinha acabado de chegar ao topo quando as feras me encurralaram. Em meio a um frenesi de latidos, atiravam-se à treliça. Houve um estalo de madeira quebrando e a treliça se rompeu. A parte superior ficou pendurada balançando em frente ao muro. Se eu ainda a estivesse escalando, estaria agora dentro da boca escancarada de um dos cães.

    Em pé sobre o muro, olhei para seus dentes arreganhados lá embaixo e estremeci, sentindo o sangue gelar com seus grunhidos. Era como olhar diretamente para a face de criaturas vindas do reino do inferno.

O frenesi maníaco de latidos continuou até que os cães se distraíram com outro cachorro que lambia algo da calçada mais adiante. Enquanto o perseguiam, as feras foram interrompidas por um homem alto com paletó *tweed*, que as agarrou pelo pescoço e colocou-lhes a coleira, puxando-as por uma guia. Enquanto o homem se debruçava sobre os cães, escutei a observação de um transeunte:

— Que lindos labradores!

— São Golden Retrievers — corrigiu o homem, acariciando-os afetusamente. — Jovens e eufóricos, porém adoráveis.

Adoráveis? Será que o mundo enlouqueceu?

Demorou muito até minha frequência cardíaca voltar a algo próximo do normal, e somente então a realidade da minha situação ficou clara. Olhei em volta e não encontrei galho, saliência, ou rota de fuga de qualquer tipo. O muro possuía um portão em uma ponta e um precipício na outra. Estava prestes a levar minha pata à boca para dar à minha cara manchada de especiarias uma boa e tranquilizante lavada quando senti a lufada acre que me fez parar no mesmo instante. Só uma lambida e eu sabia que minha boca estaria em chamas. Isso foi o bastante. Lá estava eu, presa em um muro alto e desconhecido, sem poder sequer cuidar de mim mesma!

Não tive escolha, só podia continuar onde estava e esperar que algo acontecesse. Em contraste com toda a agitação que eu sentia, a propriedade do lado de dentro do muro era a própria imagem da serenidade, como a Terra Pura dos Buddhas, da qual eu escutava os monges falarem. Através das árvores, pude ver uma construção imponente, cercada de relva e jardins floridos. Ansiava por estar naqueles jardins ou rondando pela varanda — parecia o lugar ideal para mim. Se alguém de dentro daquela linda casa visse a Leoa da Neve presa no alto do muro, teria a compaixão de vir ao meu socorro?

Apesar de toda a atividade que acontecia na porta de entrada do prédio principal, ninguém entrava ou saía pelo portão de pedestres próximo de onde eu estava. E o muro era tão alto que as pessoas mal podiam me ver. As poucas que se viravam em minha direção não pareciam perceber minha presença. O tempo foi passando e o sol começou a deslizar pelo horizonte, e percebi que ficaria ali a noite toda caso ninguém viesse ao meu auxílio. Deixei escapar um miado melancólico, mas contido: sabia muito bem que algumas pessoas não gostam de gatos, e chamar a atenção delas só iria piorar a minha situação.

Não precisaria ter me preocupado em chamar atenção, pois isso não aconteceu. No Café & Livraria do Himalaia eu podia ser reverenciada como a GSS (minha designação oficial, a abreviação para a Gata de Sua Santidade), mas aqui fora — polvilhada de especiarias e desconhecida —, estava sendo completamente ignorada.

Querido leitor, vou poupá-lo dos detalhes das horas que passei no muro e também dos olhares indiferentes e dos sorrisos incompreensivos que tive de suportar, juntamente com as pedras atiradas por dois malandrinhos entediados que voltavam da escola. Acabara de anoitecer e eu estava exausta quando percebi uma mulher que andava do outro lado da rua. A princípio não a reconheci, mas havia alguma coisa nela que me deu a sensação de que poderia me salvar.

Miei suplicantemente. Ela atravessou a rua. À medida que se aproximava, vi que se tratava de Serena Trinci, a filha da senhora Trinci, chef VIP de Sua Santidade e minha mais ardente admiradora em Namgyal. Serena, recentemente designada como a gerente do Café & Livraria do Himalaia, tinha uns trinta e poucos anos. Esbelta, vestia roupas de ioga, e seus longos cabelos escuros estavam presos em um rabo de cavalo.

— Rinpoche! — exclamou ela, parecendo horrorizada. — O que você está fazendo aí em cima?

Havíamos nos visto apenas duas vezes no Café — portanto, quando ela me reconheceu, meu alívio foi inefável. Em alguns instantes, ela arrastou uma lata de lixo próxima até o muro e subiu até onde eu estava. Pegando-me em seus braços, não pode deixar de notar o estado do meu pelo, salpicado de especiarias.

— Coitadinha, o que houve? — perguntou, absorvendo os aromas pungentes e as manchas multicoloridas, enquanto me segurava em seu colo. — Você deve ter se metido em alguma encrenca.

Quando Serena aconchegou meu rosto em seu peito, senti a fragrância quente de sua pele e a batida tranquilizadora do seu coração. Passo a passo, enquanto caminhávamos para casa, meu alívio se transformava em algo muito mais forte e profundo: uma poderosa sensação de conexão.

Depois de ter passado a maior parte sua vida adulta na Europa, Serena chegara a McLeod Ganj — a parte de Dharamsala onde vive o Dalai Lama — somente há algumas semanas. Serena crescera em uma casa dedicada à arte culinária. Ao sair da escola, entrou para uma faculdade de gastronomia na Itália e, depois disso, trabalhou como chef, galgando postos nos melhores restaurantes da Europa. Recentemente, Serena havia deixado seu emprego como chef no aclamado hotel Danieli, em Veneza, para trabalhar à frente de um dos mais badalados restaurantes em Mayfair, área luxuosa de Londres.

Como sabia que Serena era ambiciosa, dinâmica e extremamente talentosa, escutei quando ela explicou ao Franc, proprietário do Café & Livraria do Himalaia, sua necessidade de dar um tempo em sua rotina enlouquecida de trabalho em restaurantes. Estava exausta do estresse diário, e já era hora de descansar e recarregar as baterias, pois quando retornasse a Londres, dentro de seis meses, assumiria um dos trabalhos de maior prestígio da cidade.

Mal sabia ela que sua chegada coincidiria com o momento em que Franc precisava de alguém que tomasse conta do Café. Ele estava voltando a São Francisco para cuidar de seu pai doente. Estar à frente de qualquer tipo de empresa do setor gastronômico durante as férias não fazia parte dos planos de Serena, contudo, comparado ao que ela estava acostumada, tomar conta do Café & Livraria do Himalaia era como trabalhar meio expediente. O Café só abria para o jantar de quinta a sábado; e com o *maître* Kusali supervisionando o serviço durante o dia, as obrigações de Serena não seriam tão grandes. Seria divertido, Franc assegurou, e ela teria algo para fazer.

O mais importante para Franc era encontrar alguém que tomasse conta de seus dois cachorros. Marcel, o buldogue francês, e Kyi Kyi, o Lhasa Apso, eram os outros dois *habitués* não humanos do Café, e passavam a maior parte do dia cochilando em suas cestas de vime sob o balcão da recepção.

Em duas semanas, a presença de Serena no Café já deixara sua marca; ao conhecê-la, as pessoas se sentiam imediatamente enfeitiçadas por ela. Os clientes do Café não conseguiam ficar indiferentes à sua vivacidade: ela sabia exatamente como transformar uma noite comum em algo inesquecível. À medida que flutuava pelo Café, sua afetuosidade e simpatia conquistaram os garçons, que em pouco tempo faziam de tudo para agradá-la. Sam, o gerente da livraria, estava completamente encantado, e Kusali, alto e sagaz — o próprio mordomo inglês, mas, neste caso, indiano —, a acolheu debaixo de suas asas.

Estava eu descansando em meu lugar costumeiro — a prateleira de cima da estante de revistas, no meio das últimas edições da *Vogue* e da *Vanity Fair* — quando Franc me apresentou a Serena como Rinpoche. Pronunciado rin-po-chê, significa preciosa em tibetano, e é um título honorífico dado aos professores do Budismo. Serena respondeu à apresentação acariciando meu rosto.

— Ela é absolutamente adorável! — Foi tudo o que disse.

Meus olhos lápis-lazúli se encontraram com seus intensos olhos negros e houve um momento de reconhecimento. Tomei consciência de algo muito importante para nós, felinos: estava diante de uma apaixonada por gatos.

Agora, depois de passada a confusão com os cães e a loja de especiarias, com a ajuda de Kusali e de alguns panos quentes e úmidos, Serena foi cuidadosamente removendo o pó das especiarias incrustado em minha pelagem espessa. Estávamos na lavanderia do restaurante, um pequeno cômodo atrás da cozinha.

— As coisas não estão muito boas para a Rinpoche — disse ela, enquanto limpava delicadamente uma mancha escura de uma das minhas patas cinzas. — Mas eu simplesmente amo o aroma dessas especiarias. Ele me transporta de volta à cozinha da minha casa na minha infância: canela, cominho, cardamomo, cravo — os sabores maravilhosos do garam masala[1], que nós usávamos na galinha ao curry e em outros pratos.

— A senhorita preparava curries, senhorita Serena? — Kusali estava surpreso.

— Foi assim que comecei na cozinha — respondeu ela. — Esses eram os sabores da minha infância. E agora a Rinpoche os está trazendo de volta.

— Nossos estimados clientes sempre nos perguntam se temos pratos indianos no menu, senhorita.

— É, eu sei. Já tive vários pedidos.

Não era por falta de quiosques, barraquinhas e mais restaurantes formais em Dharamsala. Porém, como Kusali observou:

— As pessoas procuram um fornecedor confiável.

— Você tem razão — concordou Serena. Então, depois de uma pausa, acrescentou: — Mas o Franc foi bem claro sobre ser fiel ao cardápio.

---

1 Mistura de temperos tipicamente indiana (do hindi *garam*, significa "quente" e *masala*, "mistura") (N.T.)

— E devemos respeitar a vontade dele durante as noites em que o Café habitualmente abre — enfatizou Kusali.

Houve uma pausa enquanto Serena removia vários grãos de pimenta que se alojaram em meu rabo felpudo e Kusali tentava retirar um respingo de páprica do meu peito.

Quando Serena voltou a falar, havia um sorriso em seus lábios.

— Kusali, você está sugerindo o que eu estou pensando?

— Desculpe-me senhorita, não estou entendendo.

— Você está dizendo que poderíamos abrir na quarta-feira para experimentar alguns pratos ao curry?

Kusali encontrou o olhar de Serena com uma expressão de espanto e um largo sorriso.

— Mas que excelente ideia, senhorita!

Nós gatos, não somos muito fãs de água, e um gato úmido é um gato infeliz. Serena sabia disso, então depois que ela e Kusali limparam o meu pelo até que ficasse impecável, secou-me com uma toalha felpuda, escolhida especialmente por causa de sua maciez, antes de pedir a Kusali que trouxesse alguns pedaços de peito de frango para me distrair até a hora em que ela me levaria para casa, em Jokhang.

Como era uma segunda-feira à noite, o restaurante estava fechado, mas Kusali encontrou pedaços de frango apetitosos na geladeira e os esquentou antes de os servir em uma pequena tigela de porcelana reservada especialmente para mim. Por força do hábito, ele levou a tigela até meu lugar de costume na parte de trás do Café, e Serena o seguiu, comigo em seu colo.

Embora o Café estivesse na penumbra, Sam Goldberg, o gerente da livraria, estava recepcionando uma reunião do clube de leitura naquela noite. Deixando-me a sós com meu jantar, o qual ataquei com prazer, Serena e Kusali foram para a seção da livraria que ficava dentro do Café, onde umas vinte pessoas estavam sentadas em fileiras, assistindo a uma apresentação de slides.

— Isto é uma ilustração do futuro de um livro do final dos anos 1950 — dizia uma voz masculina. A cabeça raspada, os óculos com armação de metal e o cavanhaque conferiam ao interlocutor um ar atrevido, e também uma certa malícia. Eu o reconheci de imediato.

Sam havia pendurado um pôster dele na loja há algumas semanas, juntamente com uma frase da revista *Psychology Today*, que descrevia o homem — um famoso psicólogo — como "um dos principais líderes intelectuais do nosso tempo".

Foi então que notei Sam em pé, na parte de trás, cumprimentando os retardatários. Sam era bonito, jovem, com uma testa alta, cabelos castanhos encaracolados, olhos da mesma cor, que por trás dos seus óculos de nerd transmitia uma inteligência luminosa, além de uma curiosa falta de autoconfiança.

Assim como Serena, Sam estava trabalhando no Café & Livraria do Himalaia há pouco tempo, embora o emprego dele fosse permanente. Sam já era cliente assíduo do Café havia vários meses e quando Franc o interrogou sobre os livros e downloads que pareciam atrair sua atenção, Sam explicou que havia trabalhado em uma das maiores redes de livraria de Los Angeles até seu recente fechamento. Essa informação captou instantaneamente a atenção de Franc. Ele estava pensando em aproveitar um espaço que não estava sendo utilizado no Café

Franc, como o Café & Livraria do Himalaia era conhecido anteriormente, e transformá-lo em uma livraria, mas precisava de alguém com experiência no ramo para colocar o plano em prática. Se alguma vez houve a coincidência de ser a pessoa certa, no lugar certo, na hora certa, foi nessa mesmo. Mas foi preciso um pouco de persuasão. Sam ainda estava se recuperando do baque de ter sido demitido quando a livraria de Los Angeles fechou e não se sentia capaz para esse tipo de trabalho. Franc teve de usar todo o seu charme — com a ajuda dos consideráveis poderes de persuasão de seu lama, Geshe Wangpo — para convencer Sam a tomar conta da livraria do Café.

— Tendo em vista que esta perspectiva de futuro aconteceu em 1950, esse futuro é agora — o convidado de Sam continuou com sua palestra. — Alguém gostaria de comentar a precisão da visão do autor?

Houve risada na plateia. A figura na tela mostrava uma dona de casa tirando pó dos móveis, enquanto o marido, do lado de fora, estacionava seu carro antigravidade depois de ter descido de um céu cheio de carros voadores e pessoas com mochilas a jato nas costas.

— O penteado à Lucille Ball, do seriado *I love Lucy*, não é muito futurístico — uma mulher na plateia observou, o que causou ainda mais risadas.

— As roupas — outra pessoa disse, causando mais gargalhadas.

A mulher com sua saia armada e o marido com aquelas calças justas certamente não pareciam com ninguém nos dias de hoje.

— E aquelas mochilas a jato? — contribuiu outro ouvinte.

— É mesmo — concordou o palestrante.

— Ainda estamos esperando por elas.

Ele mostrou mais algumas imagens.

— Elas mostram como as pessoas em 1950 imaginavam o futuro. O que torna estas imagens tão encantadoramente erradas não é só o que mostram. É também o que não mostram. Digam-me o que está faltando nesta aqui — disse ele, pausando a apresentação na imagem de um artista que retratava uma paisagem urbana em 2020, com esteiras rolantes transportando pessoas.

Mesmo completamente absorta em meu jantar, não pude deixar de achar surreal a imagem mostrada na tela, por razões que eu não conseguia identificar. Houve uma pausa antes que alguém observasse:

— Não há telefones celulares.

— Não há mulheres executivas — comentou outro.

— Não há negros — retrucou mais um.

— Não há tatuagens — acrescentou um quarto espectador, enquanto a plateia começou a reparar na imagem cada vez mais.

O palestrante deixou que a plateia se aprofundasse nas imagens por um instante.

— Pode-se dizer que a diferença entre a maneira como as coisas eram em 1950 e o modo como as pessoas imaginavam o futuro se resumia às coisas nas quais elas focavam — carros antigravidade ou esteiras rolantes. Elas imaginavam que todo o resto continuaria igual.

Houve uma pausa enquanto a plateia digeria o que ele acabara de dizer.

— Essa, meus amigos, é a razão pela qual é tão difícil para todos nós adivinharmos o nosso sentimento em relação a certas coisas no futuro, sobretudo em relação ao que provavelmente nos fará feliz. É por isso que imaginamos que tudo em nossas vidas permanecerá do mesmo jeito, exceto pela única coisa na qual estamos focados.

— Uns chamam de *presentismo* a tendência de pensar que o futuro será igual ao presente, com apenas uma diferença. Quando imaginamos o futuro, nossa mente faz um ótimo trabalho ao imaginar o todo e preencher cada lacuna, exceto por essa diferença em particular. O material que usamos para preencher as lacunas é o hoje, como mostram essas imagens.

Continuando, o palestrante afirmou:

— Pesquisas mostram que quando fazemos previsões sobre como iremos nos sentir em relação a eventos futuros, não percebemos que nossas mentes já nos pregaram a peça do "preenchimento". Isso é parte do motivo pelo qual achamos que conseguir aquele emprego com o escritório de janelas amplas nos dará uma sensação de sucesso e realização, ou que dirigir um carro caro será uma fonte de grande alegria. Achamos que nossas vidas serão as mesmas de agora, exceto por aquele detalhe diferente. Mas a realidade, como vimos — ele apontou para a tela —, é bem mais complicada. Nós não imaginamos, por exemplo, a imensa mudança no equilíbrio entre vida e trabalho que vem com o emprego, com o escritório de janelas amplas, ou o medo de ter arranhões e amassados no carro novinho e lustroso, sem contar as dolorosas prestações mensais.

Eu poderia ter escutado a palestra por mais tempo, mas Serena queria ir para casa, e ela iria me levar de volta a Jokhang em segurança. Carregando-me em seus braços, saiu pela porta de trás do Café e pegou o atalho para a estrada. Em Namgyal, atravessamos o pátio da residência de Sua Santidade, onde Serena me colocou no chão, como se eu fosse uma porcelana delicada, nos degraus da porta principal.

— Espero que esteja se sentindo melhor, pequena Rinpoche — murmurou, ao correr os dedos em meu pelo, já quase seco. Adorava sentir suas unhas longas massageando a minha pele. Aproximando-me, passei minha língua áspera em sua perna, e ela riu:

— Oh, minha pequena, também te amo!

Chogyal, um dos assistentes de Sua Santidade, deixara o meu jantar no lugar de sempre no andar de cima, mas, como já havia comido no Café, não estava com muita fome. Após algumas lambidas no leite sem lactose, caminhei até os aposentos que dividia com Sua Santidade. O quarto onde eu passava a maior parte do tempo estava silencioso e iluminado somente pelo luar. Fui até o meu lugar predileto no parapeito da janela. Embora o Dalai Lama estivesse a muitas milhas de distância, na América do Norte, sentia sua presença como se estivesse ali, bem ao meu lado. Talvez fosse o feitiço do luar, que banhava todos os objetos do quarto com uma luminosidade etérea, mas por qualquer que tenha sido o motivo, senti uma profunda sensação de paz. Era o mesmo sentimento de bem-estar que sentia toda vez que estava em sua presença. Acho que, antes de viajar, o Dalai Lama tivera a intenção de me dizer que qualquer um pode se conectar a este fluxo de serenidade e benevolência. Só é preciso se aquietar.

Comecei a lamber minhas patas e a limpar meu rosto pela primeira vez desde os acontecimentos horríveis da tarde. Ainda podia ver os cães me perseguindo, mas agora parecia que estava vendo coisas que tinham acontecido com outra gata. O que parecera tão avassalador e traumático na hora agora não passava de uma lembrança, na tranquilidade de Namgyal.

Lembrei-me do psicólogo no Café, descrevendo como as pessoas geralmente têm apenas uma pequena ideia do que as fará felizes. Suas ilustrações eram intrigantes e, enquanto falava, algo mais me impressionou: soava muito familiar porque o Dalai Lama costumava dizer a mesma coisa. Ele não usava expressões como *presentismo*, mas o significado de suas palavras era idêntico. Sua Santidade também observava como dizemos a nós mesmos que a nossa felicidade depende de certas situações, relacionamentos ou realizações. Como achamos que seremos infelizes se não conseguirmos o que queremos. Exatamente como quando o psicólogo salientou o paradoxo de que, muitas vezes, mesmo quando conseguimos o que queremos, não *conseguimos* alcançar a felicidade que esperávamos.

Acomodada em meu parapeito, mirei a noite. Os quadrados luminosos dos quartos dos monges cintilavam na escuridão. Aromas flutuavam pelo primeiro andar, insinuando que o jantar estava sendo preparado na cozinha do mosteiro. Escutava o cântico grave dos monges mais velhos enquanto encerravam a sessão de meditação vespertina no templo. Apesar das experiências traumáticas da tarde, e de voltar para um lar vazio e escuro, ao sentar no parapeito da janela com minhas patas sob meu corpo, senti o contentamento mais profundo que poderia ter algum dia imaginado.

Os dias seguintes foram um turbilhão de atividades no Café & Livraria do Himalaia. Além da correria de costume, Serena desenvolvia rapidamente suas ideias para a noite do curry. Ela consultou os chefs do Café, os irmãos nepaleses Jigme e Ngawang Dragpa, que estavam muito felizes em dividir suas receitas de família favoritas. Ela também vasculhou a internet em busca de tesouros raros para acrescentar ao seu livro de receitas, já repleto com as suas preferidas.

Numa segunda-feira à noite, Serena convidou um grupo de amigos de infância de McLeod Ganj para provar os pratos ao curry que havia redescoberto ou reinventado. Da cozinha, uma profusão de aromas de especiarias deliciosas, nunca antes combinadas no Café, invadia o ambiente — coentro e gengibre fresco, páprica doce e pimenta *chili*, *garam masala*, sementes de mostarda amarela e noz moscada.

Trabalhando na cozinha pela primeira vez desde que voltara da Europa, Serena sentia-se em casa. Enquanto preparava samosas vegetarianas crocantes, retirava generosas porções de *naan* — pão indiano — do forno e decorava as tigelas de latão de *Madras Curry*[2] com espirais de iogurte. Lembrou-se da alegria pura de criar, da paixão que a fez se tornar uma chef.

---

2 Ou curry de Madras. Trata-se da mistura de temperos com origem na Índia, onde cada cozinheiro tem a sua própria receita. O curry em pó tal como o conhecemos foi uma invenção inglesa a fim de padronizar e comercializar uma das misturas encontradas na Índia durante a colonização. A mistura é internacionalmente conhecida como "Madras Curry". (N. R. T.)

Havia quinze anos que não se aventurava a fazer experiências com uma paleta de sabores tão vasta.

Seus amigos ficaram agradecidos, mas fizeram críticas construtivas. O entusiasmo era tamanho que quando o último *kulfi*[3] de pistache e cardamomo e a última chávena de *chai* foram servidos, a ideia de fazer uma noite do curry já havia se transformado em algo muito mais extravagante: um verdadeiro banquete indiano.

Da prateleira de cima, fui testemunha do banquete inaugural que aconteceu em menos de duas semanas. Sendo eu uma presença permanente no Café & Livraria do Himalaia, como poderia ser diferente? Além do mais, Serena me prometera uma generosa porção do seu delicioso peixe ao curry.

O restaurante nunca estivera tão cheio. O evento foi tão disputado que foram necessários mesas extras na área da livraria e dois garçons adicionais para ajudar naquela noite. Unindo-se aos moradores que já eram clientes habituais do Café, estavam os familiares e amigos de Serena, muitos dos quais a conheciam desde criança. A mãe de Serena parecia estar encenando uma ópera, em seu xale indiano multicolorido, com suas pulseiras douradas que chacoalhavam ao redor de seus braços e seus olhos cor de mel brilhando de orgulho enquanto observava a filha coreografar a noite.

Como se fosse para compensar o brio italiano, havia, na mesa ao lado da senhora Trinci, um grupo mais calmo,

---

3   Espécie de sorvete tradicional indiano. (N. T)

do escritório do Dalai Lama, incluindo os assistentes de Sua Santidade, Chogyal e Tenzin, este com sua esposa Susan, e o tradutor de Sua Santidade, Lobsang.

Chogyal, de coração caloroso e mãos macias, era o meu monge favorito depois do Dalai Lama. Com uma sabedoria que ia além de sua idade para lidar com questões geralmente complicadas do mosteiro, era de grande ajuda para Sua Santidade. Era o responsável pela minha alimentação quando o Dalai Lama se ausentava, uma tarefa que ele cumpria com perfeição. Tinha sido Chogyal quem um ano antes havia se voluntariado para me levar para sua casa durante a reforma dos aposentos do Dalai Lama. Depois de atacá-lo pela audácia de ter me arrancado de tudo o que me era familiar, passei três dias de mau humor debaixo de um edredom, para então descobrir que estava perdendo todo um mundo novo e excitante, habitado por um magnífico gato tigrado que mais tarde se tornaria o pai dos meus gatinhos. Durante todas essas aventuras, Chogyal permanecera um amigo paciente e devotado.

Na mesa em frente à sua, no escritório dos assistentes, sentava-se Tenzin, um diplomata gentil cujas mãos sempre exalavam um forte cheiro de sabonete antisséptico. Educado na Inglaterra, era com ele, na hora do almoço, na sala de primeiros socorros, escutando a BBC World Service, que aprendi muito do que sei sobre a cultura europeia.

Não conhecia Susan, a mulher de Tenzin, mas conhecia bem Lobsang, o tradutor de Sua Santidade. Um monge jovem, profundamente sereno. Lobsang e Serena se conheciam havia bastante tempo, pois cresceram juntos em McLeod Ganj. Membro da família real do Butão, Lobsang era um monge noviço estudando em Namgyal quando a senhora Trinci precisou de *sous-chefs* extras na cozinha. Ele e Serena foram convocados, nascendo então uma linda amizade, motivo pelo qual Lobsang também estava presente no banquete.

Naquela noite, Serena havia transformado o Café em uma suntuosa sala de jantar, decorada com toalhas de mesa ricamente bordadas com lantejoulas, onde colocou potes cravejados com requinte, cheios de condimentos. Como centro de mesa, pequenas velas reluziam em castiçais de latão em formato de flor de lótus.

Uma música *trance* indiana soava hipnoticamente ao fundo, enquanto um desfile de pratos emergia da cozinha. Das *pakoras*[4] de legumes ao frango com manga, cada um dos pratos era recebido com entusiasmo. Quanto ao peixe ao curry, pude atestar pessoalmente. O peixe estava leve e suculento, o molho deliciosamente cremoso, com uma pitada de coentro, gengibre e cominho na medida certa para dar ao prato um toque especial. Em poucos minutos, comi minha porção e lambi o pires até deixá-lo brilhando.

No centro de tudo, Serena comandava com maestria. Ela havia se vestido especialmente para a ocasião. Usava um sári vermelho vivo, kajal nos olhos, brincos *chandelier* e um colar cintilante. À medida que a noite avançava, ela ia de mesa em mesa, e não pude deixar de notar como seu coração bondoso tocava as pessoas. Enquanto Serena conversava com elas, fazia com que se sentissem o centro do universo. Ela, por sua vez, se emocionava com a efusão de afeto que recebia.

---

4 Típicos da culinária indiana, os *Pakoras* são pequenos bolinhos de legumes fritos empanados com um polme feito à base de farinha de grão-de-bico. (N. R. T.)

— É tão bom tê-la de volta, querida — disse uma senhora idosa amiga da família. — Adoramos as suas ideias e a sua energia.

— Estávamos mesmo precisando de alguém como você aqui em Dharamsala — uma velha amiga da escola afirmou. — Todas as pessoas talentosas parecem ir embora, então, quando alguém volta, damos muito valor.

Várias vezes durante a noite vi quando seus lábios tremeram de emoção, enquanto levava o lenço ao canto dos olhos para secá-los. Algo muito especial estava acontecendo no Café, algo que ia além daquele banquete indiano — por mais suntuoso que fosse —, e era algo de grande importância pessoal.

A pista para o mistério apareceu várias noites depois.

Ao longo das últimas semanas, uma intrigante relação profissional se estabeleceu entre Serena e Sam.

A vivacidade de Serena era o complemento perfeito para a timidez de Sam. A mente fantasiosa de Sam equilibrava o mundo do aqui e agora feito de comidas e vinhos em que ela vivia. A consciência de que ela era a gerente que voltaria para a Europa dentro de alguns meses conferia uma efemeridade agridoce ao tempo que eles passavam juntos.

Eles desenvolveram o hábito de terminar as noites em que o Café abria para o jantar em um determinado canto da livraria. Um sofá disposto em cada lado de uma mesinha de centro era o lugar perfeito para acompanhar os últimos clientes do restaurante e falar sobre qualquer coisa que lhes viesse à cabeça.

Já não era mais preciso fazer nenhum pedido ao *maitre* Kusali. Pouco depois que eles se sentavam, Kusali trazia uma bandeja com dois chocolates quentes belgas, um com *marshmallows* para Serena, e outro com *biscotti* para Sam. A bandeja também traria um pires com quatro biscoitos de cachorro e, se eu ainda estivesse por lá, uma jarrinha de leite sem lactose.

O suave tilintar do prato sobre a mesinha era a deixa para Marcel e Kyi Kyi, que haviam obedientemente permanecido no cesto sob o balcão de recepção durante todo o serviço do jantar. Os dois cachorros se atropelavam para sair do cesto em disparada e atravessar o restaurante para subir as escadas, e sentar à mesinha de centro, onde apoiavam os focinhos com olhares suplicantes. A sua ansiedade sempre trazia um sorriso ao rosto de seus companheiros humanos, que os observavam devorar os biscoitos e fungar todas as migalhas do chão.

Quanto a mim, chegaria de maneira mais elegante, me espreguiçando um pouco antes de pular da prateleira de cima da estante de revistas para me juntar aos outros.

Depois de receberem os biscoitos, os cachorros pulavam no sofá ao lado de Sam, virando de barriga para cima, ansiosos por receber uma boa coçada. Eu me aconchegava no colo de Serena, amassando o vestido que estivesse usando enquanto demonstrava minha gratidão com um ronronar.

— Já temos uma enxurrada de reservas para o nosso próximo banquete — Serena disse a Sam naquela noite, depois que nós cinco estávamos acomodados.

— Isso é ótimo — ele respondeu contemplativo, enquanto sorvia seu chocolate quente.

— V-você já resolveu quando irá contar a Franc?

Serena ainda não havia decidido. Franc, que ainda estava em São Francisco, não sabia de coisa alguma sobre a experiência do banquete indiano da última quarta-feira. Serena estava se apoiando na sabedoria de que às vezes é melhor implorar por perdão do que pedir permissão.

— Pensei em deixar que tivesse uma agradável surpresa ao conferir as contas mensais — disse ela.

— Ele com certeza terá uma surpresa — Sam concordou —, o maior faturamento de uma noite desde que o Café abriu. E tudo mudou desde então. O lugar como um todo ficou mais vibrante. Há todo esse alvoroço no ar.

— Também penso assim — disse Serena —, mas achei que fosse só uma coisa minha.

— Não, o Café mudou — insistiu Sam, mirando seus olhos por dois segundos completos, antes de desviar o olhar e dizer: — Você também mudou.

— É? — disse ela com um sorriso. — Como?

— Você está com essa... energia. Essa *j-joie de v-vivre*.

Serena assentiu.

— Me sinto mesmo diferente. Estive pensando em como, durante todo esse tempo gerenciando os restaurantes mais luxuosos da Europa, nunca me diverti tanto como na noite da última quarta-feira. Nunca poderia ter acreditado que seria tão gratificante!

Sam refletiu por um momento, antes de observar:

— Assim como aquele psicólogo disse outro dia, às vezes é difícil prever o que nos fará felizes.

— Exatamente. Estou começando a me perguntar se ser *chef* em um dos melhores restaurantes de Londres realmente *é* o que eu quero fazer.

Eu estava olhando para Sam quando ela disse isso, e observei a mudança em sua expressão. Havia um brilho em seus olhos.

— Se eu voltar a fazer a mesma coisa — continuou Serena —, isso provavelmente produzirá o mesmo resultado.

— Mais estresse e esgotamento?

Ela assentiu.

— Há recompensas também, claro. Mas são muito diferentes das que tive aqui.

— Você acha que cozinhar para a família e os amigos fez a diferença? — Sam sugeriu. Depois lançando um olhar malicioso, acrescentou: — Ou será que foi o despertar do seu *vindaloo*[5] interior?

Serena riu.

— Ambos. Eu adoro molhos com curry. Embora saiba que nunca chegarão a fazer parte da culinária de alto nível, eu adoro prepará-los por causa dos muitos sabores, e eles são tão nutritivos. Mas, além disso, acho que a noite de quarta-feira passada foi especial para as pessoas.

— Concordo — disse Sam. — Este lugar estava com um astral incrível.

— É muito gratificante quando você faz o que realmente gosta e isso ainda é apreciado por todos.

Sam parecia pensativo antes de colocar sua caneca na mesinha e se levantar para ir até a estante. Ele retornou com um exemplar do livro *"Em busca de sentido"*, do psiquiatra austríaco e sobrevivente do Holocausto, Viktor Frankl.

---

5 Molho utilizado na culinária indiana e anglo-indiana, feito com vinagre, açúcar, gengibre fresco, curry e outras especiarias. (N. R. T.)

— O que você acabou de dizer me fez lembrar de algo — disse Sam, ao abrir o livro no prefácio. — "Não procurem o sucesso" — leu. — "Quanto mais o procurarem e o transformarem num alvo, mais vocês vão sofrer. Porque o sucesso, como a felicidade, não pode ser perseguido; ele deve acontecer... como efeito colateral de uma dedicação pessoal a uma causa maior que a pessoa."

Serena assentiu:

— De uma maneira sutil, acho que é isso o que estou descobrindo. Por um momento, seus olhares se encontraram. — E do modo mais estranho.

Sam se mostrou curioso:

— Como assim?

— Bem, essa história toda de fazer um banquete indiano só aconteceu por causa de uma conversa que tive por acaso com o Kusali. E *aquela conversa* só aconteceu porque encontrei a pequena *Rinpoche* em apuros.

Sam sabia sobre aquela tarde em que fiquei presa no muro. Houve muita especulação sobre como eu acabara indo parar lá em cima, nenhuma delas correta.

— Pode-se dizer que tudo isso aconteceu por causa da *Rinpoche* — constatou Serena, olhando para mim com adoração enquanto me acariciava.

— *Rinpoche*, a catalisadora — observou Sam. — Ou melhor, *gatalisadora*.

Enquanto os dois riam, pensei em como alguém poderia imaginar o efeito dominó que fora desencadeado pela minha decisão de virar à esquerda em vez de à direita naquela tarde de segunda-feira quando deixara o Café. Nenhum de nós poderia acreditar o que ainda estava por acontecer. O que havia acontecido até agora era só o início de uma história muito maior — a história de muitas dimensões de felicidade que estavam por emergir como efeito colateral e extremamente gratificante.

    Imprevisível? Certamente. Esclarecedor? Sem a menor dúvida!

Capítulo 2

O que faz você ronronar?

De todas as perguntas no mundo, esta é a mais importante. E é também um grande nivelador. Porque não importa se você é um gatinho brincalhão ou um idoso sedentário, um magricela da comunidade ou uma patricinha, não importam as circunstâncias, tudo o que você quer é ser feliz. Não aquela felicidade que vem e vai, como uma lata de atum em pedaços, mas a que dura. Aquela felicidade profunda que te faz ronronar do fundo do coração.

Poucos dias depois do banquete indiano, fiz uma descoberta intrigante sobre a felicidade. No meio de uma manhã gloriosa no Himalaia — o céu azul, o canto dos pássaros, a essência revigorante de pinho — ouvi um som estranho vindo do quarto. Saltando do meu parapeito, fui investigar.

Chogyal estava inspecionando a limpeza de primavera durante a ausência do Dalai Lama. Meu segundo monge favorito estava em pé no meio do quarto supervisionando o encarregado na escada, que retirava as cortinas, enquanto o outro, sentado em um banquinho, dava uma boa limpada nas luminárias.

Minha relação com Chogyal passava por uma mudança sutil toda vez que Sua Santidade viajava. De manhã, quando chegava ao trabalho, ele vinha até os aposentos do Dalai Lama só para me ver. Passava alguns minutos escovando o meu pelo com a minha escova especial, enquanto conversava comigo sobre os eventos do dia, um momento tranquilizador do qual eu precisava após passar a noite sozinha.

À noite, a mesma coisa. Antes de ir para casa, Chogyal certificava-se de que minha tigela de biscoitos estivesse cheia e minha água, reabastecida. Depois, passava um tempo me acariciando para me lembrar do quanto eu era amada, não só por Sua Santidade, mas também por todos na casa. Sabia que estava tentando compensar a ausência do Dalai Lama, e seu coração bondoso fez com que eu passasse a amá-lo e admirá-lo ainda mais.

Naquela manhã, fiquei alarmada com o que ele estava fazendo com o nosso aposento. Um de seus encarregados recolhia peças para lavar, quando Chogyal apontou para meu cobertor de lã bege, que estava no chão, embaixo de uma cadeira.

— Aquele ali não é lavado há meses — disse.

Não, não era. Mas deliberadamente! E não seria lavado se Sua Santidade estivesse no comando.

Miei melancolicamente.

Chogyal se virou para onde eu estava sentada perto da porta, com uma expressão de súplica em meus olhos. No entanto, apesar de toda a bondade do seu coração, em se tratando de gatos, Chogyal não era lá muito perceptivo. Diferentemente do Dalai Lama, que saberia exatamente o motivo pelo qual estava triste, ele achou que meu miado fosse por conta de uma angústia generalizada.

Aninhando-me em seus braços, começou a me acariciar.

— Não se preocupe, GSS —, no exato momento em que o encarregado pegava o cobertor e fugia com ele em direção à lavanderia. — Tudo estará de volta, perfeitamente limpo, mais rápido do que você imagina.

Será que ele não via que o problema era exatamente esse? Consegui me desvencilhar de seus braços, até mostrei minhas garras para deixar claro que não estava de brincadeira. Após alguns momentos desagradáveis, ele me colocou no chão.

— Gatos! — disse Chogyal, ao balançar sua cabeça e esboçar um sorriso confuso, como se eu tivesse desdenhado de seu carinho sem nenhum motivo.

Voltei para o parapeito da janela, minha cauda pendurada em sinal de desânimo, reparei como o dia se tornara desagradavelmente claro. Lá fora, os pássaros piavam alto e o cheiro de pinho era tão forte quanto desinfetante de banheiro. Como Chogyal podia não ver o que estava fazendo? Como podia não perceber que havia acabado de decretar o fim da última ligação que eu mantinha com a gatinha mais fofa que já existiu, minha filhotinha da neve?

❧

Quatro meses antes, como resultado de um namorico com um bonitão rústico, em última análise, um inadequado gato de rua, eu dera à luz quatro maravilhosos filhotinhos. Os três primeiros a nascer eram iguais ao pai: escuros, robustos e machos. Na verdade, houve certo espanto em perceber que espécimes tão vigorosos de gato tigrado, que logo ostentariam largas listras, pudessem sair do meu corpo tão *petit* e refinado, para não dizer delicadamente macio. O quarto e último filhote era, no entanto, exatamente igual à mãe. A última a cair sobre o cobertor na cama de Sua Santidade, nas primeiras horas de uma manhã, era tão pequenina que caberia com facilidade em uma colher de sopa. A princípio, temíamos que não sobrevivesse, e até hoje estou convencida de que foi graças ao Dalai Lama que ela conseguiu.

Para os budistas tibetanos, Sua Santidade é tido como a emanação de Chenrezig, o buddha da compaixão. Como vivia na presença da sua compaixão o tempo todo, nunca a tinha sentido tão fortemente direcionada como durante nossas horas de necessidade. Enquanto meu bebezinho — uma pequena bolinha rosa enrugada com alguns fiapos brancos — lutava pela vida, Sua Santidade nos observava ao mesmo tempo em que recitava um mantra. Com sua atenção focada em nós até que a pequena se recuperasse do seu processo de nascimento, era como se nada de mau pudesse nos acontecer. Estávamos banhadas pelo amor e bem-estar de todos os buddhas. Quando finalmente ela conseguiu se aproximar e começou a mamar, era como se tivéssemos atravessado uma tempestade. Graças à proteção de Sua Santidade, tudo ficaria bem.

Durante as várias semanas que precederam o nascimento dos filhotes, a notícia da minha gravidez havia se espalhado, e o escritório de Sua Santidade recebera vários suplicantes interessados em adotar os meus bebês, desde monges do outro lado do pátio no Mosteiro Namgyal até amigos colaboradores de várias partes da Índia e dos Himalaias, e também de lugares mais distantes, como Madri, Los Angeles e até Sidney. Se eu tivesse dado à luz um número suficiente de filhotes, minha descendência estaria vivendo agora em todos os continentes do planeta.

Durante as primeiras semanas, meus bebês eram frágeis e dependentes. Depois de um mês, meus três filhotes bagunceiros estavam prontos para experimentar comidinha de gato enlatada, embora eu ainda tivesse que cuidar da minha pequena, bem menor que os outros. Em oito semanas, os garotos já corriam pela casa — subiam pelas cortinas, destruíam os aposentos de Sua Santidade e saltavam para atacar as canelas de transeuntes desavisados.

Antes que qualquer visitante VIP chegasse, os indícios dos filhotes tinham de ser totalmente apagados. Chogyal, embora altamente inteligente, não era o mais organizado dos humanos, e se atrapalhava todo, engatinhando pelo chão, tropeçando em seu próprio robe, enquanto perseguia um dos meus esquivos filhotes. Tenzin, mais velho, mais alto, e mais experiente, tirava sua jaqueta com uma certa cerimônia antes de adotar uma abordagem estratégica, criando uma distração para atrair os filhotes de onde eles estivessem escondidos, e capturá-los quando menos esperassem.

A virada aconteceu com a chegada de certa visita. Como gata de Sua Santidade, aprendi a ser um modelo de discrição quando se tratava de celebridades. Longe de mim pronunciar o nome de uma visita tão ilustre. Permita-me dizer apenas que esse visitante em particular era bem conhecido, um ator de cinema, um fisiculturista nascido na Áustria que não só se tornou um dos maiores astros de Hollywood, mas também o governador da Califórnia.

Pronto. Isso é tudo que estou disposta a dizer. Nada mais, pois entregaria o jogo. Na tarde em que ele chegou, no banco de trás de uma lustrosa SUV preta, Chogyal e Tenzin estavam às voltas com sua rotina de inspeção de gatinhos, segurando três deles na sala dos funcionários. Ou pelo menos era o que pensavam.

Imagine, se puder, a seguinte cena. O distinto visitante chegando — bonito, carismático, aquela figura alta elevando-se sobre o Dalai Lama. Como manda a tradição tibetana, ao conhecer um lama da alta hierarquia o visitante fez uma reverência e presenteou Sua Santidade com uma echarpe branca chamada *kata*, que, em resposta, foi colocada ao redor do seu pescoço. Como sempre ocorria com o Dalai Lama, tudo estava indo bem, de maneira calma a tranquila. O visitante então se posicionou ao lado de seu anfitrião para a foto oficial.

Em uma fração de segundos, antes que o fotógrafo disparasse a câmera, meus três filhotes deram início ao que só poderia ser descrito como um ataque frontal. Dois pularam sobre uma poltrona e foram direto atacar as pernas do visitante, enquanto o terceiro cravava unhas e dentes em sua canela esquerda.

O convidado se contorceu com o choque e a dor. O fotógrafo gritou alarmado. Por alguns momentos, parecia que o tempo havia parado. Então, os dois primeiros soltaram as pernas do visitante VIP, enquanto o terceiro saiu correndo, sem ao menos um *hasta la vista, baby*.

Sua Santidade, o único que parecia não estar surpreso com o lapso na segurança dos felinos, se desculpou efusivamente. Após recuperar seu equilíbrio, o visitante parecia ter achado tudo muito engraçado.

Acho que nunca esquecerei o que aconteceu em seguida: o Dalai Lama gesticulava na direção dos gatinhos safados, enquanto um dos heróis de ação mais famosos do mundo, deitado de bruços, tentava resgatar os pequenos pestinhas de seu esconderijo debaixo do sofá.

Sim, mais tarde, todos concordaram, seria necessário encontrar lares mais adequados para os filhotes. E quanto à pequenina, doce e delicada miniatura de sua mãe Himalaia? Em seus corações, acho que ninguém queria pensar em sua partida. Por enquanto, ela estaria a salvo.

Como muitos felinos, tenho diversos nomes. No Café & Livraria do Himalaia, fui batizada de Rinpoche. Nos círculos oficiais em Joghang, onde se referem a Sua Santidade como SSDL, recebi o título formal de GSS, a Gata de Sua Santidade. Minha menina logo seguiu os passos da mãe, recebendo o apelido oficial de FGSS — Filhote da Gata de Sua Santidade. Mas o nome mais importante foi dado pelo próprio Dalai Lama. Uns dois dias depois que meus meninos partiram, ele pegou o meu bebê em seus braços, mirando dentro de seus olhos com aquele olhar de puro amor que faz com que todo seu ser se ilumine.

— Tão linda, igual a mãe! — murmurou, ao acariciar seu pequeno rostinho com seu indicador. — Não é, Pequena Filhote da Neve?

Nas semanas que se seguiram, éramos só nós três: Sua Santidade, eu, Sua Leoa da Neve, e minha filha, Filhote da Neve. Quando eu acordava de manhã cedo, para me aconchegar ao lado de Sua Santidade enquanto ele meditava, Filhote da Neve também se levantava e se aninhava ao calor do meu corpo. Quando ia para o escritório dos assistentes, ela ia comigo e miava até que algum deles a pegasse e a colocasse em uma de suas mesas, onde adorava empurrar as canetas até a beirada para depois jogá-las no chão. Em uma ocasião, Tenzin, que sentava em frente a Chogyal e adorava chá verde, saiu, deixando em sua mesa um copo de chá. Ao retornar, encontrou FGSS tentando lamber o conteúdo de seu copo. Ela não parou nem mesmo quando ele se aproximou, ou mesmo quando sentou em sua cadeira, colocando os cotovelos sobre a mesa para observá-la mais de perto.

— Suponho que eu não tenha muita chance de tomar um pouco de chá, não é, FGSS? — Chogyal perguntou secamente.

FGSS o encarou com os olhos arregalados, com uma expressão de espanto. Como assim não era tudo só para sua diversão em Jokghan?

Então, chegou o dia em que Lobsang, o tradutor de Sua Santidade, lembrou ao Dalai Lama de um acordo que havia feito.

— A rainha do Butão me pediu que transmitisse suas mais calorosas saudações, Sua Santidade — disse ao Dalai Lama em uma tarde, após terminarem uma transcrição.

Sua Santidade sorriu:

— Muito bom. Gostei muito de sua visita. Por favor, transmita a ela meus melhores votos.

Lobsang assentiu:

— Ela também perguntou sobre GSS.

— Ah, sim. Lembro-me da minha pequena Leoa da Neve sentada em seu colo. Muito incomum. — Ele se virou para me ver aconchegada com a Filhote da Neve sobre o cobertor bege que havia colocado no parapeito depois da chegada dos filhotes.

— Sua Santidade deve se lembrar do seu pedido para adotar um filhote se algum dia GSS tivesse algum — murmurou Lobsang.

O Dalai Lama parou por alguns instantes, antes que seus olhos encontrassem os de Lobsang.

— Foi isso mesmo. Acho que ela estava à espera de um filhote com o... Como se diz?

— Pedigree adequado? — Sugeriu Lobsang.

Sua Santidade assentiu.

— Nós nunca conseguimos rastrear as origens de GSS. A família em Nova Deli à qual sua mãe pertencia se mudou. E quanto ao pai dos seus filhotes...

Os dois homens sorriram.

— Mas — continuou Sua Santidade gentilmente, seguindo o olhar de Lobsang, que mirava aquela forma minúscula ao meu lado — minha Pequena Filhote da Neve parece mesmo muito com sua mãe. E promessa é dívida.

Lobsang levou Filhote de Neve uma semana depois, quando foi visitar sua família no Butão. Para mim, a satisfação de saber que ela fora para uma das melhores casas imagináveis compensou a tristeza que senti com sua partida, a realidade de ficar mais uma vez sozinha no parapeito.

Com sua habitual compaixão, Sua Santidade trouxe o cobertor bege e o colocou debaixo de uma cadeira em nosso quarto, para que eu não me lembrasse da minha perda toda vez que pulasse no parapeito. Mas ainda podia me aconchegar nele debaixo da cadeira e sentir o cheiro da minha Filhote da Neve e seus irmãos, ver alguns fiapos dos seus pelos — pequenos fios brancos entrelaçados com fios marrons. Algumas manhãs, em vez de sentar ao lado de Sua Santidade para meditar, caminhava até o cobertor e me instalava em cima dele, absorta em minhas lembranças do passado. Em outros momentos do dia, quando não havia nada mais em que pensar, voltava ao cobertor e às minhas lembranças agridoces.

Agora, com a limpeza de primavera a todo vapor, até o cobertor me fora tirado.

Um ou dois dias depois da limpeza de primavera de Chogyal, decidi seguir Serena ao sair do Café. Ela repetia o mesmo caminho todos os dias. Às 17h30, desaparecia para dentro do escritório da gerência, um pequeno cômodo ao lado da cozinha, ressurgindo dez minutos depois em suas roupas de ioga — preta, de algodão orgânico, comprada em feira de artesanato — e rabo de cavalo.

Em vez de sair pela porta da frente, cruzava a cozinha e saía pela porta de trás, passando pelo beco atrás do restaurante e subindo aquela rua sinuosa que eu conhecia tão bem.

De vez em quando, falava sobre suas aulas de ioga em um tom solene que revelava o quanto eram importantes para ela; sua presença nas aulas todas as noites era inegociável. Desde que voltou à Índia, seu objetivo era alcançar um equilíbrio cada vez maior em sua vida e, por isso, havia embarcado em uma jornada de autoconhecimento que incluía não apenas banquetes indianos, mas também questões muito mais importantes ligadas ao que queria fazer da sua vida e onde. Pelo fato de possuir a curiosidade natural dos felinos, e também por ter tempo livre à noite agora que Sua Santidade estava fora, eu queria descobrir o que fazia a prática da ioga produzir efeitos tão poderosos. Será que a ioga era apenas um nome que os humanos davam para uma variedade de contorcionismos corporais que tentavam executar de forma muito inferior ao que era alcançado sem muito esforço por nós, gatos?

Acompanhar o passo de Serena enquanto ela se aproximava do alto da colina não era uma tarefa fácil para uma gata com pernas instáveis como as minhas. Mas o que me faltava em força física, eu compensava com determinação. Pouco tempo depois, Serena entrou em um bangalô de aparência modesta, com bandeiras tibetanas de oração um pouco desbotadas presas nas calhas. Fui atrás dela.

A porta da frente estava aberta e levava a um pequeno corredor onde havia uma grande sapateira que estava praticamente vazia e um perfume inebriante de calçado de couro, suor e incenso *Nag champa*.

Uma cortina de contas separava o corredor da sala de ioga. Na entrada, havia uma placa com o nome Escola de Ioga Downward Dog, em letras apagadas. Passando pela cortina de contas, me deparei com uma grande sala. Na outra ponta, havia um homem em uma pose que, mais tarde vim a saber, era *Virabhadrasana II*, a Postura do Guerreiro. Com os braços esticados na altura dos ombros, sua majestosa silhueta se destacava da vista panorâmica dos Himalaias ao fundo que se via através dos janelões que iam do chão ao teto. Os picos nevados refletiam o sol poente, que os coroava com raios dourados.

— Parece que temos visita — disse o homem na Postura do Guerreiro, com uma voz suave e um leve sotaque alemão. Seu cabelo branco era cortado rente à cabeça e, apesar da sua idade aparente, ele era muito flexível. Seu rosto tinha o bronzeado em dia e seus olhos eram de um azul vibrante. Estava imaginando como ele sabia que eu estava na sala, até ver que uma parede era coberta de espelho, e percebi que ele havia me visto entrar por entre a cortina de contas.

Da varanda, Serena virou-se e me viu.

— Ah, *Rinpoche*, você me seguiu!

Aproximando-se de onde eu estava, ela disse ao homem na Postura do Guerreiro:

— Esta pequena passa boa parte do tempo no Café. Provavelmente você não permite gatos na sala de prática, não é?

Houve uma pausa antes que ele respondesse:

— Não é uma regra. Mas sinto que sua amiga é um tanto especial.

Não tinha ideia exatamente de como ele percebeu isso, mas estava feliz em interpretar aquilo como uma permissão para ficar. Sem mais delongas, saltei sobre um banquinho de madeira perto de uma estante com cobertores no fundo da sala. Era o lugar perfeito para observar sem ser observada.

Olhando ao redor, reparei em uma fotografia em preto e branco de um cachorro que estava pendurada na parede. Era um Lhasa Apso, a mesma raça de Kyi Kyi. Muito popular entre os tibetanos, os Lhasa Apsos tradicionalmente serviam de sentinelas dos mosteiros, alertando os monges sobre presença de intrusos. Será que o nome da escola de ioga, Downward Dog era por causa daquele Lhasa Apso?

Outras pessoas começaram a chegar para a prática. A maioria estrangeiros, alguns indianos, uma mistura de homens e mulheres na faixa dos trinta anos ou mais. Caminhavam com certa consciência, certa postura. Espalharam seus colchonetes de ioga, almofadas e cobertores pela sala, e deitaram de costas, com os olhos fechados e pernas esticadas, o que me fez lembrar as filas de galinhas amarradas que eu costumava ver no mercado.

Depois de algum tempo, o instrutor, que as pessoas chamavam de Ludo, levantou-se e, ficando de frente para a turma, falou para os vinte e poucos alunos com sua voz gentil, porém firme.

— Ioga é vidya, que em sânscrito significa estar com a vida como ela é, e não como nós gostaríamos que ela fosse. Não a vida do "Ah, se apenas isso fosse diferente", ou do "Ah, se apenas eu pudesse fazer tal coisa". Então, como começamos a ioga? Saindo de nossas cabeças e mergulhando no momento presente. O único momento que realmente existe é o aqui e o agora.

Pelos janelões abertos, ouviam-se os gritos agudos dos andorinhões que subiam e desciam no céu do final de tarde. Acordes soltos de música hindi e o barulho de panelas subiam das casas da base da montanha, juntamente com o aroma das refeições sendo preparadas.

— Ao permanecermos no aqui e agora — Ludo continuou —, reconhecemos que no desenrolar de cada acontecimento, tudo se completa. Tudo está conectado. Mas não conseguimos experimentar essa sensação diretamente até libertar o pensamento e simplesmente relaxar, até que tomemos consciência que chegamos a este momento, aqui e agora, apenas porque todo o resto é do jeito que é. Relaxe e continue consciente — disse Ludo aos alunos. — A unificação da vida. A ioga é isso.

※

Ludo conduziu a aula com uma sequência de asanas ou posturas, algumas de pé, outras sentadas, umas dinâmicas, outras em repouso. Percebi que ioga não servia somente para desenvolver a flexibilidade do corpo. Era muito mais que isso. Junto com as instruções de como se inclinar e alongar, Ludo oferecia ensinamentos preciosos que apontavam para um propósito muito maior.

— Não podemos trabalhar com o corpo se não trabalharmos também com a mente. Quando nos deparamos com constrições — obstáculos em nossa prática — descobrimos que a fisiologia é um espelho da psicologia. Mente e corpo podem ficar presos a hábitos que causam desconforto, estresse e tensão.

Quando um dos alunos comentou que não conseguia abaixar o tronco e tocar as palmas das mãos no chão porque seus tendões estavam tensos, Ludo observou:

— Tensões. Sim. Para alguns, este é o desafio. Para outros, o desafio é ser capaz de dobrar o corpo, ou simplesmente sentar com as pernas cruzadas confortavelmente. As insatisfações da vida se manifestam de muitas formas diferentes. O modo como se expressam é único para cada um de nós. Mas a ioga nos oferece espaço para sermos livres.

Enquanto caminhava por entre os alunos, ajustando sutilmente suas posturas, Ludo continuou:

— Em vez de dar voltas e mais voltas, aprofundando os mesmos hábitos do corpo e da mente, use a sua consciência. Não tente escapar da tensão forçando uma postura; em vez disso, respire enquanto permanece nela. Não com força, mas com sabedoria. Use a sua respiração para criar abertura. A cada respiração, uma mudança sutil acontece. Cada respiração é um passo para a transformação.

Acompanhei a aula do meu banquinho na parte de trás da sala com grande interesse, agradecida por ter permanecido despercebida. Mas quando Ludo instruiu os alunos a realizar uma torção sentada, de repente vinte cabeças se viraram e me viram. No mesmo instante, sorrisos e risadinhas encheram a sala.

— Ah, sim. A convidada especial de hoje — disse Ludo.
— Esse pelo branco! — alguém exclamou.
— Os olhos azuis! — disse outro.

Então, como todos os vinte pares de olhos estavam fixados em mim, um homem comentou:

— Deve ser uma *Swami*.[6]

O comentário provocou risadas porque as pessoas se lembraram do sábio local, cuja imagem aparecia em pôsteres por toda a cidade.

Fiquei aliviada quando a torção terminou, mas logo depois, vi que estava sendo observada mais uma vez, quando todos se viraram para mim na direção oposta.

Ao final da prática, enquanto estavam todos deitados em seus colchonetes em *Shavasana*, a postura do cadáver, Ludo disse aos alunos:

— De certa forma, esta é a postura mais desafiadora de todas. O corpo calmo, a mente calma. Tente não se envolver com o pensamento, aceite-o, e deixe-o ir embora. Podemos descobrir muito mais no espaço entre um pensamento e outro do que quando ficamos absortos em uma elaboração conceitual. Na quietude, descobrimos que há outras maneiras de saber das coisas além de através do intelecto.

※

Após a prática, enquanto os alunos guardavam seus cobertores, blocos e almofadas, alguns pararam para falar comigo.

---

[6] Termo em sânscrito que significa "aquele que sabe e domina a si mesmo". Refere-se a um indivíduo altamente respeitado e reverenciado. O título indica conhecimento e domínio da ioga. (N. R. T.)

Alguns se dirigiram ao corredor para colocar os sapatos e ir embora, mas a maioria se reuniu na varanda, depois das portas de correr. Cadeiras com almofadas coloridas e alguns pufes estavam dispostos sobre um tapete indiano que cobria toda a extensão da varanda. Ao lado da mesa guarnecida com canecas e copos, alguém se servia de água e chá verde, enquanto os alunos se acomodavam no que era, evidentemente, uma rotina confortável após a prática.

Nós, gatos, não gostamos de muito barulho ou movimento. Então esperei até que todos estivessem sentados antes de deslizar silenciosamente do banco e me encaminhar até a varanda para ficar ao lado de Serena.

Os últimos raios do sol poente cobriam a montanha com um vermelho coral reluzente.

— Tentar respirar em meio ao desconforto enquanto praticamos a ioga é uma coisa — comentou uma mulher de voz grossa chamada Merrilee. Ela havia se juntado aos outros quase no fim da prática, como se tivesse vindo apenas para participar da socialização depois da aula. Teria sido imaginação mesmo, ou ela de fato furtivamente derramara algo do cantil que carregava em volta da cintura em seu copo? — E quando não estamos praticando ioga e temos de lidar com nossos problemas? — ela perguntou.

— Tudo é ioga — Ludo respondeu. — Geralmente, reagimos aos desafios da maneira que estamos habituados, com raiva ou evasão. Quando respiramos em meio ao desafio, podemos ter uma resposta mais útil.

— A raiva e a evasão não são, às vezes, reações úteis? — perguntou Ewing, um americano mais velho que vivia há muito tempo em McLeod Ganj. De vez em quando, ele visitava o Café & Livraria do Himalaia, onde diziam que havia fugido para a Índia depois de alguma tragédia que teria sofrido em seu país. Por muitos anos, ele tocara piano no *lobby* do Grand Hotel Nova Déli.

— Uma *reação* é algo automático, habitual — disse Ludo. — Uma *resposta* é algo pensado. Aí está a diferença. O importante é criar espaço, nos abrirmos para possibilidades além das habituais, que raramente nos ajudam. A raiva nunca é uma resposta iluminada. Podemos ficar irados ao brigar com uma criança que está prestes a chegar perto do fogo, por exemplo, mas isso é muito diferente de realmente estar com raiva.

— O problema — observou um indiano alto, sentado ao lado de Serena — é que ficamos presos à nossa zona de conforto, mesmo quando ela não está lá muito confortável.

— Nos apegamos ao que é familiar — concordou Serena — às coisas que costumavam nos trazer felicidade, mas não trazem mais.

Perplexa, olhei para ela enquanto proferia essas palavras. Pensei no cobertor de lã bege no quarto e em como as lembranças dos muitos momentos felizes que passei nele com minha Pequena Filhote de Neve estavam agora ligados à tristeza.

— *Shantideva*, o sábio budista indiano, fala sobre lamber o mel sobre o fio da lâmina — disse Ludo. — Não importa o quanto seja doce, o preço que se paga é muito alto.

— Então, como vamos saber quando algo que já foi positivo no passado perdeu sua utilidade? — perguntou Serena

Ludo olhou para ela com olhos tão claros que mais pareciam de prata.

— Quando nos faz sofrer — respondeu ele simplesmente. — Sofrer vem da palavra latina que significa *carregar*.[7] E, embora, por vezes, a dor seja inevitável, o sofrimento não é. Por exemplo, podemos ter uma relação muito feliz com alguém, e então perdemos essa pessoa. Sentimos dor, claro, é natural. Mas quando continuamos a carregar esta dor, nos sentimos constantemente desolados, isto é sofrimento.

Houve uma pausa enquanto todos absorviam o que acabara de ser dito. No crepúsculo profundo, as montanhas se destacavam na distância refletindo sombras de um rosa vívido, como o glacê dos cupcakes da senhora Trinci.

— Às vezes acho que o passado é um lugar perigoso para se ir à procura da felicidade — disse o indiano sentado ao lado da Serena.

— Você tem razão, Sid — concordou Ludo. — A única oportunidade em que podemos vivenciar a felicidade é neste momento, aqui e agora.

Mais tarde, os alunos começaram a se dispersar. Serena foi embora com algumas pessoas, e eu a segui até o corredor.

— Vejo que a pequena *Swami* está com você — observou uma das mulheres, enquanto calçava seus sapatos.

---

7 *Sufferre* é formado de *sub-* (sob, embaixo) e *ferre* (levar, transportar). Significa, portanto, levar algo sobre si, estando embaixo da coisa transportada. Como carregar coisas – especialmente pesadas – não é tarefa das mais agradáveis, *sufferre* logo passou a ter o sentido de "padecer". (N. T.)

— Sim. Nós nos conhecemos muito bem. Ela passa boa parte do tempo no Café. Vou dar a ela uma carona de volta agora — Serena disse, ao me pegar no colo.

— Qual é o seu verdadeiro nome? — perguntou uma outra mulher.

— Ah, ela é uma gata de muitos nomes. Em todo lugar que ela vai, parece adquirir mais um.

— Então hoje não foi uma exceção — disse Sid. Tirando algumas margaridas amarelas de um vaso no corredor, ele as transformou em uma guirlanda e colocou ao redor do meu pescoço.

— Eu me prostro a seus pés, pequena *Swami* — disse ele, juntando suas mãos cuidadas e macias em frente ao coração. Ao olhar dentro de seus olhos, pude ver uma grande ternura.

Então, ele abriu a porta para Serena, e começamos a descer a colina, de volta para casa.

— Temos tanta sorte de ter um professor tão maravilhoso — disse Serena.

— Sim — concordou Sid. — O Ludvig (Ludo) é excepcional.

— Minha mãe diz que ele está em McLeod Gnj desde que eu nasci.

Sid balançou a cabeça afirmativamente:

— Desde o começo dos anos 60. Ele veio a pedido de Heinrich Harrer.

— Do famoso *Sete anos no Tibete*? O tutor do Dalai Lama?

— Isso mesmo. Heinrich o apresentou ao Dalai Lama pouco depois de Ludo chegar a McLeod Ganj. Dizem que Sua Santidade e ele são bons amigos. De fato, foi Sua Santidade que o incentivou a montar a Escola de Ioga.

— Não sabia disso — disse Serena. Olhando de relance para Sid, de repente percebeu o quanto ele sabia sobre os assuntos locais. Depois de alguns momentos, Serena resolveu testar seus conhecimentos um pouco mais.

— Tem um cara andando atrás de nós, com uma jaqueta escura e boné de feltro — Serena sussurrou. — Alguém me disse que ele é o Marajá de Himachal Pradesh, é verdade?

Eles continuaram descendo a colina um pouco mais até que Sid discretamente deu uma olhada por sobre o ombro.

— Ouvi dizer a mesma coisa — respondeu.

— Sempre o vejo por aqui — disse Serena.

— Eu também. Talvez ele tenha o hábito de sair para caminhar nesse horário?

— Pode ser — refletiu Serena.

No dia seguinte, enquanto eu caminhava pelo corredor da ala executiva, Lobsang me chamou:

— GSS! Venha aqui, minha pequena! Tem uma coisa que acho que você vai querer ver!

Eu o ignorei, claro. Nós, gatos, não nos submetemos a qualquer súplica, clamor, ou mesmo um humilde pedido feito pelos humanos. O que há de bom nisso? Vocês ficam tão mais agradecidos quando, por fim, lhes jogamos um osso — perdoe o cheiro de cachorro desta metáfora em particular.

Contudo, Lobsang não estava disposto a desistir e, momentos depois, eu estava sendo carregada para o escritório e colocada em sua mesa.

— Estou no Skype com o Butão — ele me disse. — E vi alguém que você gostaria de ver.

A tela do seu computador revelava um quarto suntuosamente decorado e, em um dos lados, havia uma cadeira perto da janela, na qual uma gata himalaia estava deitada de costas, pegando sol na barriguinha. Sua cabeça estava jogada para trás, seus olhos fechados, suas pernas e rabo peludo espalhados em uma pose que Ludo descreveria como "a Postura da Estrela do Mar". Para os gatos, esta é a posição mais entregue, confiante e satisfeita de todas.

Demorou um pouco até que percebi... Será que era isso mesmo? Sim, era! Mas como ela cresceu!

— Seu nome oficial é GSAR — disse Lobsang —, a Gata de Sua Alteza Real. Uma letra a mais que GSS. E me disseram que é adorada no palácio de lá, assim como você aqui em Namgyal.

Observava a barriguinha de Filhote de Neve subir e descer enquanto ela descansava ao sol, lembrando de como me senti triste há apenas alguns dias, quando Chogyal retirou o cobertor bege do quarto, e de como aquilo me privou das doces lembranças da minha menina.

Ou pelo menos foi o que pensei na hora.

Desde então, aprendi que minha infelicidade me foi infligida não por Chogyal, mas, sem querer, por mim mesma. Ao chafurdar em minhas lembranças nostálgicas, gastando tanto tempo pensando em uma relação que havia mudado e seguido em frente, eu havia sustentado uma dor desnecessária. Um sofrimento.

Enquanto isso, Filhote de Neve havia crescido para uma nova vida, como a gata adorada do palácio da rainha do Butão. O que mais uma mãe poderia querer?

Virando-me, cheguei mais perto de onde Lobsang estava sentado e me inclinei para massagear seus dedos com o meu rosto.

— GSS! — exclamou ele. — Você nunca fez isso antes!

Ele respondeu acariciando o meu pescoço, e eu fechei os olhos e comecei a ronronar. Ludo tinha razão. A felicidade não é para ser encontrada no passado. Nem na tentativa de reviver as lembranças, embora isso pareça sedutor.

Só pode ser vivenciada neste momento, aqui e agora.

Capítulo 3

Querido leitor, o que aconteceria se você estivesse prestes a realizar o sonho da sua vida? Se estivesse a ponto de alcançar o seu objetivo mais ambicioso, muito além de suas expectativas mais extravagantes?

Não há mal algum em imaginar essa felicidade, há? Imagine, por exemplo, abrir a porta da frente da sua linda casa e encontrar a sua família como uma foto de revista, todos felizes e contentes, um aroma delicioso de comida vindo da cozinha e ninguém brigando pelo controle da TV.

Ou, no meu caso, se aventurar na dispensa da cozinha do andar de baixo e encontrar dez mil porções do fígado de galinha da senhora Trinci guardadas cuidadosamente, esperando pelo meu deleite.

Que visão encantadora! Que imagem sedutora!

Mal sabíamos que lá no Café & Livraria do Himalaia alguém que havia alcançado algo igualmente maravilhoso estava prestes a entrar em nosso meio.

A princípio, mal o reconhecemos. Sua primeira aparição coincidiu com uma das minhas chegadas ao final da manhã. Era pouco depois das onze quando saí de Jokhang e desci a estrada no momento exato em que ele caminhava em direção ao Café. Era um homem de meia idade, aparência rude, cabelos castanho-avermelhados que estavam ficando grisalhos nas têmporas, rosto marcado por sulcos profundos, sobrancelhas espessas e olhos curiosos. Havia um contraste marcante entre aquele rosto envelhecido e marcado e suas roupas caras — casaco de linho creme, calças da mesma cor, relógio de ouro reluzente. Seu andar era mais rápido do que o passeio descompromissado da maioria dos turistas, e carregava vários guias turísticos sobre o noroeste da Índia.

Passei pelo Café, parando para roçar narizes com Marcel e Kyi Kyi que estavam na cesta embaixo do balcão da recepção. Com a saída do Franc e a chegada da Serena e do Sam, era como se nós, habitantes não humanos do Café, estivéssemos ligados por um fio invisível que nos tornava mais próximos. O fato de termos passado juntos por todas as mudanças nos deu uma sensação de experiência partilhada, uma ligação em comum. Não que isso significasse ir além de um roçar de narizes ou um cumprimento educado. Você não esperaria que eu entrasse na cesta com eles, não é? Querido leitor, não sou esse tipo de gata, e certamente este não é esse tipo de livro!

Da minha posição habitual na estante de revistas, observei nosso elegante visitante, enquanto ele se acomodava em uma das confortáveis cadeiras do Café. Chamando o garçom com um aceno imperioso, ele falou com um sotaque escocês:

— Vocês já estão servindo almoço?

Sanjay, um jovem garçom com uniforme branco impecável, assentiu.

— Vou querer uma taça do seu *Sémillon Sauvignon Blanc* — disse o visitante.

Espalhando seus guias na mesa à sua frente, o visitante tirou um telefone celular do bolso e, em pouco tempo, já parecia ocupado, pesquisando planos de viagem, checando detalhes em um livro e outro, digitando tudo no celular.

Quando sua taça de vinho foi servida, ele deu o primeiro gole e bochechou o líquido com uma expressão de quem busca alguma coisa. Depois disso, ele bebeu tão rápido que pareceu inalar o vinho. Quatro goles e, poucos minutos depois, a taça estava vazia.

O fato não passou despercebido pelo *maître* Kusali, cuja onisciência era notória. Ele despachou Sanjay com a garrafa do SSB para reabastecer o visitante com mais vinho. Uma terceira taça, e depois uma quarta, antes que o visitante pedisse a conta, guardasse seus livros e saísse.

Havia se passado meia hora quando os acontecimentos tomaram um rumo incomum. Desviando o olhar do meu quitute da hora do almoço — uma deliciosa porção de salmão defumado cortada em tirinhas — quem eu vejo na entrada do Café? Ele mesmo, o homem, que agora estava acompanhado de sua esposa.

Uma senhora encorpada, de rosto amável e sapatos ortopédicos, olhou ao redor do Café com uma expressão de admiração, à qual nós já estávamos bem acostumados. Muitos ocidentais que chegavam à McLeod Ganj vindos de Nova Déli já haviam se surpreendido bastante com a Índia, com o caos, a multidão, a pobreza, o trânsito e a vibração chocante. Porém, no momento em que chegavam ao Café & Livraria do Himalaia, se viam em um ambiente estético totalmente diferente. À direita do ornamentado balcão de recepção, havia uma suavidade clássica com as toalhas de mesa brancas, as cadeiras de bambu e uma grande máquina de bronze de café espresso. Tapeçarias do budismo tibetano ricamente bordadas, conhecidas como *thangkas*, enfeitavam as paredes. À esquerda do balcão, subindo alguns degraus, estava a seção da livraria, com suas prateleiras bem abastecidas, intercaladas com cartões ilustrados com suntuosas gravuras, artefatos himalaios e outras lembranças. Era uma fusão exótica do estilo casual chique europeu e do misticismo budista. Muitos visitantes, ao se depararem com essa visão, suspiravam aliviados.

❧

A esposa do visitante não foi tão enfática. Enquanto olhava ansiosa para o marido, parecia estar torcendo para que o Café o agradasse, o que aconteceu. De maneira eminente!

Kusali deu um passo à frente para cumprimentá-los e levá-los até uma mesa próxima à janela, onde o marido estudou o menu e a carta de vinhos como se fosse a primeira vez antes de pedir exatamente a mesma garrafa. Desta vez, ele foi um pouco mais contido ao sorver seu SSB. Porém, durante o curso do almoço, tragou sem esforço quase toda a garrafa, com ajuda mínima de sua esposa.

Observando-os a distância, percebi algo estranho na maneira como se comportavam juntos. Havia longas pausas na conversa, quando olhavam para tudo, menos um para o outro — pausas que eram seguidas de trocas de olhares que logo se esgotavam.

❧

A maioria dos visitantes ocidentais tinha um roteiro de viagem tão intenso que apenas visitava o Café uma ou duas vezes durante suas breves estadas. Esse não era o caso do nosso elegante amigo e sua esposa. Na manhã seguinte, às onze horas, no momento sagrado em que se começava a servir bebida alcoólica, ele chegou ao Café, andou até sua cadeira e pediu uma taça de SSB. Prevendo uma repetição dos acontecimentos do dia anterior, Kusali fez uma graciosa aparição e serviu o visitante pessoalmente, antes de sugerir:

— Gostaria que eu trouxesse um balde com gelo para a mesa, senhor?

O visitante decidiu que seria melhor. Enchendo a taça enquanto folheava os panfletos de viagem com menos interesse do que no dia anterior, logo esvaziou o conteúdo da garrafa.

Uma vez mais, meia hora depois de sair, reapareceu na entrada do Café com sua esposa, desta vez dizendo a Kusali, no balcão da recepção, que eles tinham gostado muito da visita do dia anterior e então decidiram retornar. O sempre diplomático Kusali sorriu educadamente quando essa versão oficial, um pouco editada dos acontecimentos, ficou estabelecida.

Querido leitor, você acreditaria se eu lhe dissesse que a mesma encenação de *Feitiço do Tempo* aconteceu na manhã seguinte? Bem, talvez não exatamente igual. No terceiro dia, o visitante se encaminhou diretamente para a "sua" cadeira às onze horas, quando Kusali já havia pedido a um garçom que levasse seu vinho predileto em um balde com gelo. Serena, que passou os dias anteriores em Nova Déli para encomendar equipamentos de cozinha, assistiu àquilo e, mais tarde, aproximou-se de Kusali, sobrancelhas arqueadas. Durante o *tête-à-tête*, enquanto o visitante olhava fixamente para seu telefone celular com uma expressão um tanto abatida, Kusali indicou a Serena que ela podia olhar para o visitante.

No minuto em que olhou em sua direção, Serena congelou. Terminou rapidamente sua conversa com Kusali e foi em direção à livraria. Pouco tempo depois, lá estava ela, ao lado de Sam, que estava sentado ao computador.

— Posso usar um minuto? — ela perguntou com urgência.

— Claro — disse Sam enquanto deslizava do banquinho.

Serena rapidamente abriu uma ferramenta de procura.

Gordon Finlay. Sam leu o nome que ela digitava na caixa de pesquisa.

— Você o conhece? — Serena sussurrou.

Sam balançou a cabeça.

— Acho que ele está bem ali — disse ela, inclinando a cabeça na direção da cadeira. — *Bagpipe Burgers.*

O rosto de Sam se iluminou.

— É ele?

Os dois olharam para o artigo da Wikipédia que mostrava uma fotografia do fundador do *Bagpipe Burgers.*

— "Começou como uma lanchonete que servia hambúrgueres em Invernes, na Escócia" — leu Sam. — "Agora é uma das maiores franquias do mundo." Rolando a página para baixo, ele leu as informações destacadas:

— "estimada em meio bilhão de dólares"; "presente nos principais mercados"; "famoso uniforme xadrez"; "criadores do *Burger Gourmet*"; "compromisso com a qualidade."

— É ele? — Serena insistiu.

Sam estudou a fotografia à sua frente antes de olhar para o cliente do restaurante.

— Nosso cara parece menos... queixudo.

Serena estalou os dedos.

— Dr. Bisturi.

— Você está sabendo da bebedeira desses últimos dias? — Sam perguntou a ela.

— Risco ocupacional em nossa linha de trabalho.

Sam olhou fixamente em seus olhos.

— Mas o que ele está fazendo em McLeod Ganj?

— É o que eu estou... — Serena aproximou-se de Sam para digitar algo mais no teclado, balançando a cabeça enquanto outra página se abria na tela.

— Sim. Aconteceu quando eu estava me mudando de Londres. Ele vendeu sua empresa por quinhentos milhões de dólares.

— Aquele cara ali? — Sam sussurrou, com os olhos arregalados.

— Exatamente. — Serena apertou seu braço antes de se afastar do balcão para dar mais uma olhada discreta.

Ela assentiu:

— As pessoas em Londres não paravam de falar sobre isso. É o sonho de todo empresário e, para o mercado gastronômico, é uma quantia inimaginável. As pessoas o amam ou o odeiam.

— De que lado você está?

— Eu o admiro, claro! O que ele fez é incrível. Ele entrou em um setor associado à má qualidade e criou algo genuinamente diferente. As pessoas gostaram e o negócio decolou. Ele fez muito dinheiro, mas foi preciso vinte anos de trabalho duro.

— Mas o cara é esquisito — disse Sam, balançando a cabeça.

— Você se refere às inúmeras visitas?

— Não é só isso. Sabe, ele passa horas na lan house descendo a rua.

Agora foi a vez de Serena parecer surpresa. A lan house que atendia a uma clientela quase toda local era suja, superlotada e pouco iluminada.

— Eu o vejo entrar lá todas as manhãs. — Sam morava em um apartamento em cima do Café, com janelas de frente para a rua. — Ele fica lá desde as oito horas da manhã. Depois, vem para cá.

Na semana seguinte, Gordon Finlay já era figurinha fácil no Café & Livraria do Himalaia. Nas duas manhãs em que não apareceu, a cadeira na parte do fundo do Café permaneceu curiosamente vazia. Na primeira vez, ele e sua esposa foram vistos entrando em uma van de turismo que levava os visitantes em excursões que duravam o dia todo na zona rural dos arredores. Na outra ocasião, um garçom contou que o vira conversando com Amrit, um dos vendedores que montavam suas barracas sob o emaranhado de fios telefônicos ao longo da rua.

De todos os vendedores, o maltrapilho Amrit era o mais novo e também o menos popular, lutando para chamar a atenção dos transeuntes com os bolinhos fritos que ele retirava de uma frigideira de aparência imunda. O que Gordon Finlay via de interessante no sempre desconsolado Amrit era difícil de entender. Mas, nas duas vezes em que Finlay se ausentara, tanto na hora do vinho aperitivo quanto na hora do seu almoço, Kusali olhou para fora da janela e reparou que Amrit não estava em sua barraca.

O mistério foi desvendado no dia seguinte, quando Amrit foi visto de volta ao seu posto, em macacão e boné amarelo e vermelho vivo, a panela enegrecida substituída por um kit *wok* de prata brilhante para churrasco, e com bandeirinhas alegres que se agitavam ao redor de uma placa onde se lia *Frango Feliz*. Enquanto fritava filés de peito de frango para uma fila cada vez maior de clientes, Gordon Finlay ficava atrás dele com seu casaco creme, sua marca registrada, dando instruções.

Às onze em ponto, lá estava Finlay novamente no Café.

O que Gordon Finlay estava fazendo exatamente em McLeod Ganj se tornou rapidamente motivo de crescentes conjecturas. Teria escolhido esta pequena e modesta cidade aos pés das montanhas do Himalaia como ponto de partida para sua nova cadeia global de restaurantes fast food? Por que se daria ao trabalho de vir aqui apenas para passar tanto tempo bebendo? Será que outros lugares na Itália, ou no sul da França, não seriam mais agradáveis para isso? E todo aquele tempo que passava na lan house quando poderia facilmente ir para o conforto do seu hotel e acessar a internet de lá?

Querido leitor, estou feliz em reivindicar uma grande parcela de responsabilidade na descoberta das respostas para essas e outras questões em aberto. Assim como a maioria dos acontecimentos mais intrigantes da vida, esse não surgiu como resultado de uma ação deliberada de minha parte. Minha simples e, se for admissível dizer, irresistível presença foi o suficiente para liberar o mais inesperado fluxo de emoção reprimida.

No meu lugar de sempre no Café, eu estava em uma posição que Ludo poderia ter chamado de *postura de Mae West*, deitada de lado, com minha cabeça apoiada na minha pata dianteira direita. O horário em que Gordon Finlay fazia a primeira das duas aparições diárias no Café se aproximava. Eu começara a cuidar do asseio da minha peluda barriga branca quando apareceu à porta ninguém menos que a senhora Finlay. Percorreu com um olhar ansioso o restaurante antes de se dirigir à livraria. Nunca havia se aventurado tão longe antes. Ela e seu marido geralmente ocupavam a mesma mesa perto da entrada. Estava quase chegando à estante de revistas quando Serena se aproximou.

— Estou procurando o meu marido — disse a senhora Finlay. — Estivemos aqui algumas vezes.

Serena assentiu com um sorriso.

— Este se tornou seu lugar favorito em Dharamsala, e pensei que... — seu lábio inferior tremia, e ela respirou fundo para se recompor. — Pensei que talvez o pudesse encontrar aqui.

— Não o vimos hoje — disse Serena. — Mas a senhora é muito bem-vinda se quiser esperar. Serena indicou a cadeira na parte de trás, onde Gordon Finlay costumava degustar sua garrafa de vinho matutina, quando a senhora Finlay olhou para a prateleira onde eu me lambia. Com a sensação de estar sendo observada, olhei diretamente para ela.

— Oh, Deus do céu! — A compostura já fragilizada da senhora Finlay pareceu ameaçada outra vez. — Igual à nossa pequena Safira.

Aproximando-se de mim, estendeu a mão para acariciar o meu pescoço. Olhei dentro de seus olhos avermelhados e ronronei.

— Esta é Rinpoche — disse Serena, mas a senhora Finlay não estava escutando. Primeiro uma lágrima e depois outra começaram a rolar pelo seu rosto. Mordendo o lábio para conter o fluxo, ela enfiou a mão na bolsa à procura de um lenço. Mas já era tarde. Em poucos instantes, ela soltou um grande soluço de emoção. Serena colocou seus braços ao redor dela e gentilmente a levou para uma cadeira.

Durante algum tempo, a senhora Finlay chorou baixinho em seu lenço. Serena gesticulou para Kusali trazer um copo de água.

— Sinto muito — ela se desculpou. — Estou...

Serena a silenciou.

— Tivemos uma pequena igual a ela — disse a senhora Finlay, apontando para mim. — Lembrei o passado. Anos atrás, na Escócia, a Safira foi muito especial para nós. Ela costumava dormir em nossa cama todas as noites — disse engolindo o choro. — As coisas eram diferentes naquela época.

Um garçom se aproximou com o copo de água e a senhora Finlay bebeu um pouco.

— Eles são *muito* especiais — concordou Serena, olhando para mim.

Mas a senhora Finlay não prestou atenção. Olhava atentamente para a mesa enquanto colocava o copo sobre ela. Parecia estar paralisada. Até que, por algum motivo, sentiu-se confortável para confessar:

— Gordon, meu marido, está detestando estar aqui — disse como se estivesse revelando um segredo terrível.

Serena deixou que se passasse um instante, antes de falar novamente.

— Sabe, esta não é uma reação incomum. Para os visitantes ocidentais que vêm aqui, sem ter a certeza do que vão encontrar, a Índia pode ser um grande choque.

A senhora Finlay balançou a cabeça.

— Não, não é isso. Nós dois conhecemos bem a Índia.

Pela primeira vez, seus olhos encontraram os de Serena.

— Gordon já esteve aqui muitas vezes ao longo dos anos. É por isso que escolheu este lugar para passarmos o primeiro mês de nossa aposentadoria. Só que... não está dando certo.

Ela parecia estar sugando forças da presença compassiva de Serena, sua voz parecia mais forte à medida que continuava.

— Ele acabou de fazer um grande negócio, ao vender sua empresa depois de tantos anos de trabalho. Gordon é muito trabalhador. Determinado. Você nem pode imaginar os sacrifícios que ele fez. Anos e anos trabalhando dezoito horas por dia. Sem férias. Sempre tendo de sair mais cedo das festas de aniversário, jantares e celebrações familiares. "Vai valer a pena" —, era o que sempre dizia. "Vou me aposentar cedo e aproveitaremos a vida." Ele sempre acreditou nisso. E eu também. Não importava a quantas coisas tínhamos de renunciar. Nós seríamos felizes quando... — Por um momento, parecia pensativa, depois recomeçou: — Foi bom durante as primeiras semanas. Ele estava mudado, livre para fazer o que bem entendesse. Mas não durou muito. De repente, não havia mais ligações, nem mensagens, nem reuniões. Tampouco decisões a serem tomadas. Ninguém esperando para saber o que ele achava. Era como se um elástico tivesse sido esticado até o limite e, de repente, alguém o soltasse. Enquanto ele trabalhava freneticamente a ideia de ter todo o tempo do mundo parecia o paraíso. Mas agora, ele está achando que é um fardo terrível. Ele não trouxe o seu laptop. É algo que faz parte da sua vida de antes. Mas, quando sai de manhã, ainda que ele diga que é para dar uma volta, tenho certeza de que está indo para alguma lan house.

A senhora Finlay olhava para Serena, cuja expressão não dava o menor sinal de que soubesse que as suas suspeitas eram verdadeiras.

— E ele anda bebendo. Ele nunca agiu assim antes, bebendo durante o dia. Eu sei que é porque está entediado e triste, e não sabe o que fazer consigo mesmo. Ele disse isso hoje pela manhã, ao sair do hotel. Nunca o vi tão infeliz.

Como as lágrimas começaram a brotar novamente, Serena estendeu a mão e apertou-lhe o braço.

— Isso também vai passar — murmurou ela.

Sem a confiança para falar, a senhora Finlay assentiu com a cabeça.

Pouco tempo depois, a senhora Finlay deixou o Café, e o casal não apareceu para o almoço naquele dia. Só o tempo iria dizer exatamente como ela e seu marido poderiam resolver essa inesperada decepção; contudo, o assunto do pobre homem rico veio à tona mais tarde no Café.

Eram quase onze da noite e ainda havia meia dúzia de clientes saboreando suas sobremesas e seus cafés. Serena olhou para onde Sam estava sentado, no banquinho atrás do balcão da livraria, e chamou sua atenção com um gesto interrogativo. Ele respondeu, levantando o polegar. Só havia um cliente na livraria: um par de canelas e a barra do robe de um monge apareciam por debaixo de uma das partições da loja.

Serena se dirigiu à livraria para o seu ritual do final do dia. Duas cabeças se levantaram da cesta de vime debaixo do balcão. Marcel e Kyi Kyi estavam focados na direção promissora das pegadas de Serena. Ela chegou ao pequeno lance de escadas que dava para a livraria na mesma hora em que o último cliente estava saindo.

— Lobsang! — Ela o cumprimentou afetuosamente, dando um passo à frente para abraçá-lo.

Lobsang havia se tornado um cliente assíduo da livraria, onde encontrava nas prateleiras uma grande variedade de títulos budistas e de não ficção recentes que eram fascinantes comparados aos disponíveis anteriormente em Dharamsala. E, graças ao fato de ele e Serena se conhecerem havia muito tempo, ela insistira que recebesse o mais generoso dos descontos.

Desde a época da adolescência, quando ambos se conheceram ao trabalharem juntos na cozinha supervisionada pela senhora Trinci, suas vidas tomaram trajetórias muito diferentes. Enquanto Serena foi para a Europa, Lobsang, cujo intelecto e habilidade linguística espetaculares eram evidentes desde cedo, ganhou uma bolsa para estudar semiótica na Universidade de Yale. Ao retornar à Índia para trabalhar como tradutor do Dalai Lama, ele também evoluiu de outras maneiras. Em especial desenvolvendo a sua presença tranquilizadora, à qual as pessoas sempre reagiam. Às vezes a reação era visível, as pessoas recostavam-se em suas cadeiras e relaxavam seus ombros, ou abriam um sorriso.

— Sam e eu vamos tomar um chocolate quente. Gostaria de nos acompanhar? — perguntou Serena.

Mesmo com toda a tranquilidade de Lobsang, reparei que havia algo em Serena que o fazia mudar. Ele parecia encontrar grande prazer em sua companhia.

— Seria ótimo — respondeu com entusiasmo, enquanto a seguia em direção aos dois sofás.

Algum tempo depois, Kusali chegou com o chocolate quente dos humanos e o pires com os biscoitos caninos, que segurou acima da mesa de vidro, causando suspense e incitando a desesperada expectativa dos cachorros, antes de o depositar na mesa com um tinido pavloviano que desencadeou a corrida frenética dos cães para a livraria.

Quanto a mim, saltei da prateleira e alonguei minhas patas traseiras, colocando para fora uma garra depois da outra, antes de cruzar a sala e dar um pulo ágil para cima do sofá, aterrissando entre Serena e Lobsang, que encarava Sam.

— A GSS tem muita sorte de ter vocês — observou Lobsang, enquanto Serena se inclinava para a frente para encher o meu pires com leite. — Principalmente na ausência de Sua Santidade.

— Nós temos sorte em tê-la — disse Serena, enquanto me acariciava. — Não é, Rinpoche?

Ela ainda não havia colocado o pires no chão, então subi na mesa de centro e comecei a beber meu leite.

— Vocês permitem gatos sobre a mesa? — perguntou Lobsang, surpreso com a minha audácia.

— Não é uma regra — respondeu Serena, olhando para mim com um sorriso indulgente.

Durante algum tempo, os três humanos observaram em silêncio, enquanto eu sorvia o leite com um ronronar vigoroso. Não sabia se era telepatia felina ou apenas a minha imaginação, mas tive a sensação de que Sam não estava muito contente com a presença de Lobsang no seu ritual de fim do dia com Serena.

Serena quis saber sobre o projeto no qual Lobsang estava trabalhando ultimamente, e ele mencionou um texto esotérico do Pabongka Rinpoche que estava ajudando a traduzir. Em seguida, a conversa contemplou os acontecimentos do dia. Serena contou a eles sobre seu encontro com a senhora Finlay, e também sobre como a visão do senhor Finlay, focada na aposentadoria precoce, havia se tornado uma amarga decepção.

Lobsang ouviu a história e, com simpatia permeando sua imensa calma, disse:

— Há poucos de nós, acho, que não cometem o mesmo erro. Acreditar que *vai ser feliz quando se aposentar. Quando tiver esse tanto de dinheiro. Quando conseguir atingir esse objetivo.* — Lobsang fez uma pausa, sorrindo ao pensar no absurdo daquilo. — Nós criamos nossas próprias superstições e depois nos persuadimos a acreditar nelas.

— Superstições? — desafiou Sam.

Lobsang assentiu.

— Inventamos uma relação entre duas coisas que não têm conexão, como um espelho quebrado e má sorte, ou um gato preto e boa sorte, em algumas culturas. — Levantei minha cabeça do pires e olhei para ele naquele exato momento. Os três riram.

— Ou um gato himalaio — colaborou Serena — e *extrema* boa sorte.

Retornei ao meu leite.

Lobsang continuou.

— Começamos a acreditar que a nossa felicidade depende de um certo resultado, de determinada pessoa, ou de um certo estilo de vida. Isto é superstição.

— Mas eu tenho prateleiras e mais prateleiras aqui — Sam apontou para trás — cheias de livros sobre estabelecer objetivos, ter pensamentos positivos e manifestar abundância. Você está dizendo que estão todos errados?

Lobsang deu uma risadinha.

— Não, não é isso o que eu quero dizer. Traçar objetivos pode ser útil. Ter um propósito. Mas não devemos nunca acreditar que a nossa *felicidade* depende de alcançá-los. São coisas muito distintas.

Houve um silêncio enquanto Sam e Serena digeriam o que Lobsang dissera, quebrado apenas pelo som das minhas lambidas e do farejar dos cachorros em busca de migalhas debaixo da mesa.

— Se algum objeto, realização ou relacionamento fosse a verdadeira causa da felicidade, então quem quer que tivesse determinada coisa deveria ser feliz. Mas essa *coisa* nunca foi encontrada — continuou Lobsang. — O mais triste é que acreditamos que a nossa felicidade depende de algo que ainda não temos, então não podemos ser felizes aqui e agora. Porém o aqui e agora é o único tempo em que podemos ser felizes. Não podemos ser felizes no futuro, ele ainda não existe.

— E quando o futuro chega — refletiu Serena —, descobrimos que o que quer que acreditávamos que iria nos trazer felicidade, não nos deixa tão felizes como achávamos. Olhe só Gordon Finlay.

— Exatamente — disse Lobsang.

Sam estava se mexendo em seu assento:

— Publicaram um estudo da neurociência sobre isso há pouco. Acho que o nome é "A decepção do sucesso". Fala sobre a relação entre realização pré-objetivo versus realização pós-objetivo. Realização pré-objetivo é a sensação positiva que as pessoas têm ao trabalhar para um objetivo. É mais intensa e duradoura em termos de atividade cerebral do que a realização pós-objetivo, a qual provoca uma sensação curta de alívio.

— Seguida da pergunta, *É só isso?* — sugeriu Serena.

— A caminhada é mais importante que o destino — confirmou Lobsang.

— O que me faz pensar ainda mais sobre voltar ou não para a Europa — disse Serena.

— Pode ser que você fique? — Lobsang perguntou, com a voz cheia de esperança. Quando ela o encarou, Lobsang sustentou a mirada, não por um ou dois minutos, mas até que ela desviasse o olhar.

— A noite do banquete indiano foi o começo — Serena explicou. — Naquela noite, percebi o quanto é mais gratificante trabalhar para pessoas que realmente apreciam o que estou fazendo, em vez de pessoas que saem apenas para serem vistas nos lugares certos. Para que passar por todo aquele estresse? Veja o que aconteceu com Gordon Finlay. Ele é uma das histórias de maior sucesso da década no mundo gastronômico. Seu sucesso é ao que dezenas de milhares de pessoas aspiram. Mas isso o fez ficar tão viciado no trabalho que ele simplesmente não consegue parar. De que serve ter todo o sucesso do mundo se a pessoa não tem paz interior?

Sob as palavras de Serena detectei outras preocupações tácitas. No decorrer das últimas semanas, eu a vira cumprimentando velhas amigas de escola que vinham visitá-la com seus maridos e filhos. A cada vez, parecia que ela estava sendo atraída para uma direção muito diferente.

Na manhã seguinte, Gordon Finlay chegou ao Café às 10h30. No momento em que entrou, parecia um homem aliviado. Encaminhou-se para sua cadeira, pediu um espresso e pegou da estante um exemplar da revista *The Times of India*. Após folhear a revista e terminar seu café, ele levantou e se aproximou do balcão, onde Serena estava.

— Minha mulher me disse que veio aqui ontem e você foi muito gentil com ela — ele começou a falar com seu sotaque escocês. — Só queria que soubesse que sou muito grato por isso. Assim como sou grato pela sua... discrição.

— Ah! Não há de quê.

— Este lugar foi um oásis para mim — ele continuou, olhando para as *thangkas* budistas penduradas nas paredes. — Decidimos voltar para casa. Não tenho ideia do que vou fazer, mas não posso ficar sentado, bebendo duas garrafas de vinho por dia. Meu fígado não aguentaria.

— Sinto muito que as coisas não tenham acontecido do jeito que o senhor planejou — disse Serena. E em seguida, quase como uma reflexão tardia, acrescentou: — Encontrou algo na Índia de que tenha gostado?

Gordon Finlay ficou pensativo por um instante, antes de assentir:

— Engraçado, o que me vem à cabeça foi ter ajudado aquele menino lá embaixo na rua a se organizar.

Serena riu.

— O Frango Feliz?
— Ele está faturando — disse Finlay.
— O senhor é um acionista?
— Não. Mas fiquei muito feliz em prepará-lo. Ele me fez lembrar muito de mim mesmo quando estava começando: sem dinheiro, rodeado por concorrentes e sem um produto diferenciado. Bastaram umas duzentas libras e um pouco de treinamento. Agora ele está craque!

Enquanto falava, Gordon Finlay parecia ficar mais alto e ereto. Pela primeira vez, podia-se vislumbrar o presidente de empresa que havia sido até recentemente.

— Talvez o senhor tenha acabado de descrever o que vai fazer daqui para frente — sugeriu Serena.

— Não seria capaz de resgatar todo vendedor de rua do mundo!

— Não. Mas poderia mudar a vida daqueles que resgatasse. Obviamente o senhor teve uma grande satisfação ajudando apenas um. Imagine a satisfação em ajudar muitos!

Gordon Finlay olhou para ela durante um longo tempo, um brilho iluminou seus olhos escuros e observadores. Então disse:

— Sabe, pode ser que você tenha razão.

Capítulo 4

Tédio. Aflição terrível, não é mesmo, querido leitor? E, até onde eu sei, é quase universal. Todos os dias, há o tédio de estar onde estamos e executar as tarefas que temos pela frente, seja você um executivo com uma dúzia de relatórios maçantes para preparar até o final do mês, ou uma gata em cima de um arquivo com uma manhã inteira para cochilar antes que os *goujons* de truta deliciosos e crocantes — talvez guarnecidos com um pouco de *clotted cream* — sejam servidos no almoço do Café.

Quantas vezes escuto os turistas dizerem "Mal posso esperar para voltar à civilização" — os mesmos turistas que, imagino eu, passaram vários meses riscando os dias nos seus calendários na intensa expectativa antes da viagem de suas vidas à Índia. Uma outra variação para o mesmo tema é "Queria que hoje fosse sexta", como se, de alguma forma, nós precisássemos aguentar cinco dias de um tédio opressivo por aqueles dois dias preciosos nos quais realmente podemos nos divertir.

O problema ainda vai mais fundo. Quando levantamos nossas cabeças dessa pilha de relatórios de final de mês, ou dessa manhã vazia em cima do arquivo, e pensamos nas outras manhãs ou nos outros relatórios que ainda estão por vir, nosso tédio se transforma em um profundo desespero existencial.

Para que tudo isso? Podemos nos perguntar, *Para que se preocupar?* Quem se importa? A vida pode parecer um exercício de futilidade sombrio e sem fim.

Para aqueles seres que possuem uma perspectiva mais ampla do Planeta Terra, o tédio é, às vezes, acompanhado de algo mais sombrio — a culpa. Sabemos que, comparada a muitas outras, nossas vidas são, na verdade, bem confortáveis. Nós não vivemos em uma zona de guerra ou em extrema pobreza; não temos de viver nas sombras por causa do nosso sexo ou de nossas opiniões religiosas. Somos livres para comer, vestir, viver e andar como quisermos, estamos muito bem, obrigada. Mas, mesmo assim, nos sentimos muito entediados.

No meu caso, se for possível alegar circunstâncias atenuantes, o Dalai Lama estava ausente havia alguns dias. Não se via o alvoroço das atividades de sempre nem as visitas extravagantes da senhora Trinci, com toda aquela comida e todo aquele carinho. E, acima de tudo, faltava a energia reconfortante e o amor que eu sentia simplesmente por estar na presença de Sua Santidade.

Então, em uma manhã, fui em direção ao Café com o coração pesado e as patas lentas. Minha preguiça costumeira estava ainda mais morosa; o simples fato de mover minhas patas traseiras era um esforço hercúleo. *Por que eu ainda estava fazendo isso mesmo?* Me perguntei. Por mais delicioso que fosse o almoço, comer já me tomaria cinco minutos, e depois ainda seria uma longa espera até o jantar. Mal sabia eu dos eventos que estavam prestes a me sacudir da minha letargia.

Tudo começou com a estranha urgência no comportamento de Sam, pulando do seu banco na livraria e correndo escada abaixo para o Café:

— Serena! — sussurrou para chamar sua atenção. — É o Franc! — Sam apontou para a tela de seu computador. Franc tinha o hábito de usar o Skype para saber como andavam os negócios, mas suas ligações eram às segundas-feiras, sempre às dez da manhã, quando o Café estava tranquilo, e não no começo da tarde, no auge do movimento.

Serena correu para o balcão da livraria. Sam ligou o auto-falante e abriu a tela, que mostrava Franc em uma sala de estar. Havia várias pessoas sentadas em um sofá e poltronas atrás dele. Sua expressão era tensa:

— Meu pai morreu ontem à noite — Franc anunciou sem preâmbulos. — Achei melhor eu mesmo contar a vocês antes que soubessem por outra pessoa.

Serena e Sam ofereceram suas condolências.

— Embora fosse inevitável, ainda é um choque — disse ele.

Uma mulher se levantou do sofá atrás de Sam e se aproximou da tela.

— Não sei o que vamos fazer sem ele! — lamentou.

— Esta é minha irmã, Beryle — disse Franc.

— Nós todos o amávamos muito — soluçou Beryle. — É tão difícil perdê-lo!

As pessoas ao fundo murmuravam, concordando.

— Foi bom eu ter estado com ele no final — disse Franc, procurando recuperar o controle da conversa.

Mesmo que a sua relação com o pai tivesse sido difícil, seu retorno à casa foi uma insistência de seu lama mal-humorado, Geshe Wangpo. Um dos lamas mais antigos do Mosteiro Namgyal, Geshe Wangpo era inflexível no que se refere à importância das ações sobre as palavras e dos outros sobre nós mesmos.

— Estou feliz que Geshe Wangpo tenha me persuadido — Franc continuou. — Meu pai e eu conseguimos resolver...

— Estamos tendo um grande funeral — interrompeu uma voz atrás de Franc.

— *Muito* grande, mesmo — opinou alguém realmente impressionado com a dimensão do evento.

— Mais de duzentas pessoas vieram dizer adeus — complementou Beryle, aparecendo na tela novamente. — É o mais importante agora, não é? Todos nós precisamos de um encerramento, todos nós.

— Encerramento — fez-se um coro atrás dela.

— Papai queria algo muito simples no crematório — disse Franc. — Beryle se recusou a aceitar aquilo.

— Funerais são para os que ficam — ela declarou. — Somos uma família católica. Bem... — Ela olhou diretamente para Franc. — A maioria de nós é.

— Nada daquele negócio de enterro celestial[8] — declarou a mesma voz masculina áspera.

Franc balançou a cabeça.

— Eu nunca sugeri...

— É nisso que vocês budistas acreditam, não é? — disse uma figura esmirrada de cabelos brancos, olhos vermelhos e alguns dentes faltando, que encarava o computador. — Cortar as pessoas em pequenos pedaços para alimentar os abutres? Não senhor.

— Esse é o tio Mick — disse Franc.

---

8 *Sky-burial* é uma prática funerária tibetana que consiste em colocar o cadáver no alto de uma montanha para que seja decomposto e sirva de alimento a diversos seres.

Tio Mick examinou a tela do computador por longos instantes, antes de concluir.

— Eles não são indianos!

— Eu nunca disse que eram — Franc protestou gentilmente, mas Mick já havia virado as costas e saído, arrastando os pés.

Franc ergueu as sobrancelhas sugestivamente, antes de dizer:

— Pretendo sair amanhã para alimentar os pássaros no parque.

Budistas acreditam que os atos de generosidade beneficiam aqueles que morreram, quando feitos por pessoas que possuíam uma ligação cármica próxima com o morto.

— Pássaros? — Beryle estava incrédula. — E quanto a nós? E quanto à sua própria carne e sangue? Tem muito tempo para esse tipo de sandice depois do funeral.

— É melhor eu ir agora — disse Franc rapidamente. — Ligo de novo quando estiver sozinho.

Enquanto Serena e Sam diziam adeus, a voz do tio Mick se levantou.

— Pássaros? Eu sabia! Não haverá nenhum enterro celestial enquanto eu estiver por perto!

❦

Depois que a ligação terminou, Sam e Serena se viraram um de frente para o outro:

— Parece que ele vai passar por maus bocados — disse Serena.

Sam assentiu.

— Pelo menos sabe que fez a coisa certa voltando para casa. Mas agora, pode ser que ele volte muito antes do que todos pensavam — acrescentou Sam pensativo.

— Quem sabe? — Serena passou seus dedos pelos cabelos. — Se ele tiver de lidar com o inventário, pode ser que fique lá por um bom tempo ainda.

Sentindo um movimento, ela olhou para baixo e viu Marcel a seus pés, o buldogue francês do Franc.

— Como ele soube? — Serena se perguntou, sorrindo para Sam.

— Será que escutou a voz dele?

— Debaixo do balcão? — Ela olhou para a cesta dos cachorros. Parecia improvável que o som da voz de Franc tivesse chegado tão longe.

— Não — disse Serena, ajoelhando-se para acariciar Marcel. — Acho que os cachorros sentem essas coisas. Não é, amiguinho?

Logo depois, uma notícia alarmante bem mais próximo de casa chegou, uma notícia que atingiu o coração de Namgyal — mais especificamente, o escritório de onde eu supervisionava as atividades dos assistentes do Dalai Lama. Sempre havia algo acontecendo lá dentro. Eu podia observar tudo em cima do arquivo atrás de Tenzin — que me proporcionava uma vista panorâmica, não só do escritório, mas também de todos que entravam e saíam dos aposentos de Sua Santidade. Consequentemente, quando o Dalai Lama estava fora, eu passava muitos dos meus dias no escritório, assistindo ao vaivém em Jokhang.

Chogyal e Tenzin tentavam tirar férias durante as ausências prolongadas de Sua Santidade e, nessa, ocasião, era a vez de Chogyal. Há vários dias, ele tinha ido visitar sua família em Ladakh. Mas, dois dias atrás, Chogyal entrou em contato com Tenzin com um recado urgente para Geshe Wangpo. Com a eficiência de sempre, Tenzin imediatamente convocou dois monges noviços que limpavam o corredor. Eu conhecia Tashi e Sashi desde os meus primeiros dias no mundo, quando os dois dispensaram a mim um tratamento desprezível, para dizer o mínimo. Desde então, eles se esforçavam bastante para se redimir e agora se mostravam fervorosamente preocupados com meu bem-estar:

— Tenho um recado urgente para vocês entregarem a uma pessoa — disse Tenzin a eles, quando entraram no escritório.

— Sim, senhor! — responderam em uníssono.

— É imprescindível que entreguem isso a Geshe Wangpo pessoalmente — enfatizou Tenzin, entregando um envelope selado ao menino Tashi, de dez anos, o mais velho dos irmãos.

— Sim, senhor! — Tashi repetiu.

— Sem atrasos nem diversão — disse Tenzin, com ar severo. — Mesmo se vocês forem chamados por um monge mais velho. Este é um assunto oficial do escritório de Sua Santidade.

— Sim, senhor — responderam os meninos, juntos, suas faces brilhando com a importância da missão inesperada.

— Agora, vão — Tenzin exclamou.

Eles viraram um de frente para o outro, antes de Tashi dizer, com uma voz aguda:

— Só uma pergunta, senhor.

Tenzin arqueou as sobrancelhas.

— Como está a GSS, senhor?

Tenzin se voltou para onde eu estava esparramada em cima do arquivo. Pisquei apenas uma vez.

— Como vocês podem ver, ainda está viva. — Seu tom de voz era divertido. — Agora, vão! Depressa!

Tão logo voltei do Café naquela tarde e subi no arquivo, onde limpava rapidamente minhas orelhas cor de chumbo, o próprio Geshe Wangpo apareceu no escritório. Geshe Wangpo não era somente um dos lamas mais reverenciados do Mosteiro de Namgyal, era também um dos mais intimidantes. Um *Geshe* — título que se refere ao mais alto grau acadêmico dos monges budistas — da velha guarda, com seus setenta e poucos anos, estudara no Tibete antes da invasão chinesa. Sua constituição física arredondada e musculosa era típica dos tibetanos, assim como sua inteligência penetrante e sua pouca tolerância para a indolência do corpo ou da mente. Era também um monge com imensa compaixão, cujo amor por seus alunos não deixava a menor dúvida.

A presença física de Geshe Wangpo era tão forte que, no momento em que apareceu na porta, Tenzin levantou-se de sua cadeira para cumprimentá-lo.

— Geshe-la!

O lama fez um gesto para que ele se sentasse.

— Obrigado pelo seu recado dois dias atrás — disse Geshe Wangpo com uma expressão grave. — Chogyal estava seriamente doente.

— Ouvi dizer — disse Tenzin. — Ele estava bem quando saiu de férias. Talvez tenha contraído algo no ônibus?
Geshe Wangpo balançou a cabeça.
— Foi o coração.
Ele não deu mais detalhes.
— Sua saúde se deteriorou da noite para o dia. Estava muito fraco, mas consciente. Quando fui vê-lo hoje pela manhã, ele não conseguia falar, estava quase morto. Infelizmente, para nós, sua hora chegou. Ele não podia se mexer, mas conseguiu escutar a minha voz. Sua morte física aconteceu às nove horas, mas permaneceu em clara luz por mais de cinco horas.

Demorou muito tempo para que Tenzin e eu — digeríssemos a notícia. Chogyal, o nosso Chogyal, morto? Há três dias ele estava aqui neste escritório, andando para lá e para cá. E ainda tão novo: não devia ter mais de trinta e cinco anos.

— Ele teve uma morte muito boa — disse Geshe Wangpo.
— Podemos ter certeza que seu *continuum* tomou uma direção positiva. Mesmo assim, haverá orações especiais no templo hoje à noite, e talvez seja bom fazer oferendas.

Tenzin assentiu:
— Claro.

Enquanto Geshe Wangpo olhava para Tenzin, depois para mim, e novamente para Tenzin, seu comportamento geralmente inflexível suavizou-se, assumindo uma expressão de grande ternura:

— É natural sentir tristeza e pesar quando perdemos alguém de quem gostamos. Chogyal era um homem muito, muito gentil. Mas vocês não precisam sentir pena dele. Sua vida foi boa. Embora sua morte tenha sido inesperada, ele não tinha nada a temer. Sua morte foi boa também. Ele deixou um bom exemplo para todos nós.

Com isso, Geshe Wangpo se virou e saiu do escritório. Em sua cadeira, Tenzin se inclinou para a frente e fechou os olhos por um momento, depois se levantou, dirigiu-se ao arquivo e estendeu a mão para me acariciar.

— Difícil de acreditar, não é, GSS? — Seus olhos se encheram de lágrimas. — Querido e bondoso Chogyal.

Pouco tempo depois, Lobsang apareceu. Atravessou o escritório até onde Tenzin ainda me acariciava.

— Geshe-la acabou de me dar a notícia — disse ele. — Sinto muito.

Os dois homens se abraçaram, Lobsang em seu robe de monge e Tenzin em seu terno escuro. Quando se afastaram, Lobsang disse:

— Cinco horas em clara luz!

— Sim, foi o que Geshe-la disse.

O processo da morte é objeto de uma detalhada preparação no budismo tibetano. Muitas vezes, escuto Sua Santidade falar sobre clara luz como sendo o estado natural de nossas mentes, quando estão livres de todo o pensamento. Por ser um estado impossível de conceituar, as palavras conseguem apenas apontar a sua experiência, mas não conseguem descrever o indescritível. As palavras que são às vezes utilizadas para sugerir este estado são *ilimitado, radiante, bem aventurado*. É um estado imbuído de amor e compaixão.

Praticantes de meditação experientes podem sentir a clara luz em vida, de modo que, quando a morte chega, em vez de temer a perda de suas identidades pessoais, eles conseguem permanecer nesse estado de bem-aventurança e não dualidade.

Com esse tipo de controle, é possível direcionar a mente para o que acontece em seguida, em vez de ser impelido pela força da atividade mental habitual, pelo karma.

Mesmo que uma pessoa tenha sido declarada morta sob um ponto de vista médico, enquanto permanecer em um estado de clara luz, seu corpo permanece flexível e sua coloração, saudável. Não há putrefação do corpo nem perda de fluidos. Para os outros, parece que a pessoa está simplesmente adormecida. Grandes iogues são conhecidos por terem ficado em estado de clara luz por vários dias, até semanas.

Ao garantir que Chogyal foi capaz de permanecer em clara luz, Gueshe Wangpo deu uma notícia de grande importância. Sua vida pode ter sido curta, mas o que ele fez com ela ia muito além: ele seria capaz de assumir algum controle sobre o seu destino.

Tenzin pegou seu telefone celular de dentro de sua gaveta e o colocou no bolso — sempre um prenúncio de que iria sair do escritório.

— Vou alimentar os pássaros — disse a Lobsang.

— Boa ideia — disse Lobsang. — Vou com você, se puder.

Os dois homens caminharam até a porta.

— É a coisa mais importante agora, não é? — observou Lobsang. — Fazer qualquer coisa que pudermos para ajudar quem nos deixou.

Tenzin assentiu:

— E mesmo que não precise muito da nossa ajuda, é bom ter algo de positivo em que pensar.

— Exatamente — concordou Lobsang. — Algo a não ser nós mesmos.

O som de suas vozes foi sumindo quando saíram pelo corredor. Fui deixada sozinha no arquivo, pensando sobre o fato de nunca mais ver Chogyal novamente. Ele nunca mais iria entrar pela porta, sentar na cadeira em frente a Tenzin e pegar o marca-texto amarelo que fingia ser uma caneta para marcar documentos, mas eu sabia que era apenas um brinquedo que ele podia jogar no tapete.

Pensei também na última vez em que Chogyal havia me segurado e enfiei minhas garras em seus braços. Sentia-me infeliz por ele ter tirado o cobertor de lã bege de mim e, com ele, a última evidência da minha filha. Eu havia sido muito má. Essa não era a última lembrança que eu queria que ele tivesse de mim, mas agora era tarde demais para mudar isso. Só podia me consolar sabendo que a maior parte do tempo que passamos juntos foi de felicidade. Quando o karma nos unisse em uma outra vida, assim como nos uniu nessa, a energia entre nós seria positiva.

Naquela noite, observei do parapeito os monges de Namgyal cruzarem o pátio ao lado da fila de moradores da cidade que ia em direção aos portões do mosteiro. Não sabia que as orações em intenção a Chogyal seriam abertas ao público, ou o quanto ele era conhecido e querido pela comunidade. Enquanto cada vez mais pessoas chegavam, decidi que eu também iria. Desci as escadas, atravessei o pátio e em pouco tempo estava subindo os degraus do templo com um grupo de monjas idosas.

Há algo de mágico no templo à noite. E naquela noite em especial, as grandes estátuas de Buddha na entrada, com seus lindos rostos pintados de ouro, estavam iluminadas por um mar de lamparinas cintilantes, todas dedicadas a Chogyal e a todos os seres vivos. Outras oferendas tradicionais — comida, incenso, perfume e flores — eram parte da mesma festa de sentidos que fazia meus bigodes formigarem de satisfação.

Olhei em volta para as grandes *thangkas* penduradas nas paredes, com suas vívidas representações de divindades como o Maitreya, o Buddha do futuro; Manjushri, o Buddha da sabedoria; Tara Verde; Mahakhala, o protetor do Dharma; o Buddha da Medicina; e o reverenciado professor, Lama Tsongkhapa.

Na tênue iluminação noturna, as figuras pareciam mais próximas de nós que durante o dia, presenças aladas que olhavam para baixo dos seus tronos de lótus.

Raramente se viam tantas pessoas no templo como naquela noite. Desde lamas mais velhos e rinpoches, que se sentavam na frente, a outros monges, monjas e moradores da cidade, que se acomodavam mais atrás, eles tomavam todos os lugares disponíveis. Uma das monjas que chegaram comigo encontrou um lugar para mim em uma prateleira baixa na parte de trás do templo, da qual eu podia observar tudo o que acontecia. As pessoas acendiam lamparinas, juntavam as mãos em prece e falavam em voz baixa umas com as outras, conferindo à noite um sentido especial. Sim, havia um sentimento de perda, é claro, e uma profunda tristeza, mas também havia um sentimento oculto bem diferente. A notícia de que Chogyal permanecera em clara luz obviamente se espalhou e, em meio à tristeza, havia um orgulho silencioso, até mesmo uma celebração por ele ter tido uma morte tão boa.

Geshe Wangpo foi imediatamente recebido com um silêncio respeitoso. Ele tomou seu lugar no trono do ensinamento

— o assento mais alto na frente do templo — e conduziu os presentes em um cântico antes de nos levar a uma breve meditação. O templo ficou em silêncio, mas não parado. Em vez disso, uma curiosa energia parecia permear o lugar. Será que era apenas minha sensibilidade felina que sentia o poder de centenas de mentes focadas no bem-estar de Chogyal?

Será que a intenção coletiva de tantos praticantes hábeis de meditação, que conheciam Chogyal tão bem, era capaz de beneficiá-lo naquele exato momento?

Geshe Wangpo terminou a meditação com um suave badalar de sino. Depois de ler uma breve mensagem do Dalai Lama, que enviara suas condolências e bênçãos especiais dos Estados Unidos, ele comentou sobre Chogyal no modo tibetano tradicional, falando sobre sua família em Kham, uma província no Tibete Oriental, e os estudos monásticos que começou ainda criança. Depois recitou alguns dos ensinamentos fundamentais que Chogyal recebera.

Geshe Wangpo era sempre muito escrupuloso quanto às tradições. Também sabia como alcançar o público, e muitas das pessoas ali não eram monges, mas simples chefes de famílias.

— Chogyal tinha apenas 35 anos quando morreu — disse suavemente. — Se temos de aprender alguma coisa com a sua morte, e não tenho dúvidas de que ele gostaria que aprendêssemos, é que devemos entender que a morte pode atingir a qualquer um de nós, a qualquer momento. Na maioria das vezes, não queremos pensar nisso. Aceitamos que a morte vai acontecer, claro, mas pensamos nela como algo que irá acontecer em um futuro muito distante. Esta maneira de pensar — Geshe Wangpo fez uma pausa para ênfase — é lamentável. O próprio Buddha disse que a meditação mais importante de todas é sobre a morte. Não é mórbido nem deprimente contemplar a própria morte. É justamente o contrário! Somente quando encaramos a realidade da nossa própria morte é que realmente sabemos como viver. Viver como se fosse para sempre é um trágico desperdício — continuou. — Uma aluna minha, uma senhora com câncer em estágio quatro, chegou muito perto da morte no ano passado. Quando fui visitá-la no hospital, não passava de uma sombra frágil na cama, ligada a todo tipo de tubos e equipamentos. Felizmente, ela venceu sua batalha contra a doença. E recentemente me disse algo muito interessante: a doença foi o melhor presente que já recebeu. Pela primeira vez ela realmente encarou sua própria morte — e somente então percebeu o quanto é precioso o simples fato de estar vivo.

Geshe Wangpo fez uma pausa para que as pessoas absorvessem a mensagem.

— Agora ela acorda todos os dias com um sentimento de profunda gratidão por estar aqui, livre da doença. Para ela, cada dia é um bônus. Está mais contente e em paz consigo mesma. Não se preocupa tanto com coisas materiais, pois sabe que são apenas valores limitados e de curta duração. Tornou-se uma entusiasta na prática da meditação porque sabe por experiência própria que seja lá o que aconteça com seu corpo, a consciência permanece.

— As práticas que nos são oferecidas através do Dharma nos ajudam a controlar a nossa consciência. Em vez de sermos vítimas da agitação mental e dos padrões habituais de pensamento, podemos ter uma preciosa oportunidade de nos libertarmos e entendermos a verdadeira natureza da nossa mente. *Isso* podemos levar conosco. Não nossos amigos, nossos entes queridos, nossas posses. Mas o despertar da realidade de uma consciência sem limites, radiante, e que vai além da morte, é uma conquista duradoura. E com esse despertar, entendemos que não temos que temer a morte. — Um sorriso malicioso apareceu em seu rosto. — Descobrimos que a morte, como tudo na vida, é apenas um conceito.

Geshe Wangpo levantou uma das mãos na altura do coração:

— Gostaria que todos os meus alunos chegassem à beira da morte. Não há jeito melhor de despertar para a vida. Talvez alguns alunos, como Chogyal, não precisem disso. Ele era um praticante aplicado, de coração caloroso e um karma incrivelmente bom, para trabalhar tão perto de Sua Santidade por todos esses anos. Aqueles de nós que têm o privilégio de ter contato com Sua Santidade não devem subestimar isso.

Eu me perguntava se aquele último comentário de Geshe-la fora endereçado a mim. Às vezes, quando o escutava no *gonpa*, o mosteiro, parecia que muito do que ele dizia era direcionado especialmente a mim. Como era eu quem passava a maior parte do tempo com o Dalai Lama, o que isso dizia sobre o *meu* karma?

— Continuaremos a lembrar de Chogyal em nossas preces e meditações, especialmente pelas próximas sete semanas. — Geshe Wangpo continuou, referindo-se ao período máximo em que a consciência pode permanecer no *bardo*, estado entre o fim de uma existência e o começo de outra.

— Devemos agradecê-lo, em nossos corações, por ter nos lembrado que a vida é frágil e pode acabar a qualquer momento — enfatizou Geshe Wangpo.

— No Dharma, temos o termo *realização*. Realização é quando o nosso entendimento sobre alguma coisa se aprofunda a ponto de mudar a nossa atitude. Espero que a morte de Chogyal nos ajude a chegar à realização de que nós também iremos morrer. E que essa realização nos ajude a nos desapegarmos um pouco, a vivenciarmos uma profunda gratidão, até mesmo uma admiração, simplesmente por estarmos vivos. Não podemos adiar a nossa prática do Dharma: o tempo é precioso e devemos usá-lo com sabedoria. Nós, aqui, esta noite, somos algumas das pessoas mais afortunadas do mundo porque conhecemos as práticas que podem ajudar a transformar a nossa consciência e a nossa própria experiência da morte. Se formos tão dedicados quanto Chogyal, quando a morte chegar não teremos nada a temer. E enquanto estivermos vivos... que maravilha!

※

Na manhã seguinte, sentada no parapeito da janela, reparei em Tenzin, enquanto atravessava o pátio meia hora antes do habitual. Em vez de ir direto para o escritório como sempre fazia, ele se dirigiu para o templo, onde começou o dia com uma sessão de meditação.

Outras mudanças se seguiram. Um dia, ele chegou no trabalho carregando uma estranha caixa que colocou encostada à parede atrás da cadeira em que Chogyal costumava sentar. Dei uma cheirada curiosa, me perguntando o que poderia estar dentro dela. Era maior que uma caixa de *laptop*, e mais estreita que uma pasta, e tinha uma protuberância peculiar em um dos lados.

Na hora do almoço, Tenzin se dirigiu à sala de primeiros socorros, onde geralmente comia um sanduíche enquanto escutava a BBC World Service. Nesse dia, porém, uma profusão de bufadas, chiados e sopros vinham por detrás da porta. Mais tarde, ouvi Tenzin dizer a um curioso Lobsang:

— Esse saxofone estava jogado lá em casa há vinte anos. Sempre quis aprender a tocar. Uma coisa que aprendi com Chogyal... — Ele inclinou a cabeça em direção à cadeira em que Chogyal costumava sentar.

— Não há tempo melhor que o presente — concordou Lobsang. — Carpe diem!

E quanto a mim, querido leitor? Sem aspirações de tocar o saxofone ou mesmo o flautim, não planejava desistir das minhas visitas ao Café & Livraria do Himalaia na hora do almoço. Mas a morte de Chogyal tinha sido um aviso e tanto: a vida é finita; cada dia é precioso. E o simples fato de acordar com saúde é realmente uma bênção, porque a doença e a morte podem nos atingir a qualquer momento.

Mesmo já sabendo disso antes — afinal, era um tema do qual Sua Santidade sempre falava —, há uma grande diferença entre aceitar a ideia e mudar de atitude. Eu havia sido complacente antes, mas agora entendia que cada dia com boa saúde e liberdade era mais um dia para criar as causas e condições para um futuro mais feliz.

Tédio? Letargia? Parecem tão irrelevantes quando lembramos como o tempo passa depressa. Compreendi com total clareza que para se ter uma vida realmente feliz e significativa, era preciso primeiro encarar a morte. Não apenas como uma ideia, mas verdadeiramente. Porque antes disso, o crepúsculo nunca fora tão resplandecente, o cheiro do incenso nunca fora tão hipnotizante, nem as porções de salmão defumado guarnecidas com molho *Dijonnaise* do Café foram tão deliciosamente capazes de me fazer lamber os beiços e sentir meus bigodes comicharem.

Capítulo 5

Havia se passado trinta e cinco das quarenta e nove noites previstas em que Sua Santidade estaria fora, quando percebi que algo tinha desaparecido da minha vida. Aconteceu de modo tão gradual que não me dei conta até que houvesse desaparecido por completo: eu havia parado de ronronar.

❦

Ainda ronronava quando Tenzin desviava sua atenção das correspondências quase insignificantes dos líderes mundiais que ficavam guardadas no arquivo, para um ser muito mais significativo deitado em cima dele. E eu também não deixava de sinalizar a minha gratidão pelas deliciosas refeições servidas no Café & Livraria do Himalaia.

Mas, a não ser por essas esporádicas ronronadas, permaneci calada durante quase toda a semana anterior. E isso não estava me fazendo bem — fato que me traz de volta à pergunta central das minhas investigações: *por que os gatos ronronam?*

A resposta pode parecer extremamente óbvia, mas, como a maioria das atividades felinas, é muito mais complexa do que parece. Sim, nós ronronamos porque estamos felizes. O calor de uma lareira, a intimidade de um colo, a promessa de um pires de leite — tudo isso pode fazer nossos músculos da laringe vibrarem em um ritmo impressionante.

Mas o contentamento não é a única razão. Assim como os humanos podem sorrir quando estão nervosos, ou porque querem apelar para o seu ponto fraco, os gatos podem ronronar. Uma visita ao veterinário ou uma viagem de carro são capazes de nos fazer ronronar para nos tranquilizarmos. Caso seus passos na cozinha o levem para perto do único armário de interesse felino, você pode muito bem escutar um ronronar profundo enquanto enrolamos sugestivamente nossa cauda em sua perna, ou damos um sussurro mais imperativo por entre seus tornozelos.

Pesquisadores da bioacústica nos dizem outra coisa fascinante: a frequência do ronronar de um gato é a terapia ideal para o alívio da dor, a cicatrização de feridas e o crescimento dos ossos. Nós, gatos, geramos ondas sonoras de cura do mesmo modo que a estimulação elétrica, que é cada vez mais usada na medicina, só que fazemos isso espontaneamente, em benefício próprio. (Aviso aos aficionados por gatos: se o seu querido felino estiver ronronando mais do que o normal, talvez esteja na hora de ir ao veterinário. Seu gatinho pode saber algo sobre sua própria saúde que você nem desconfia.)

Mas, além dessas razões para ronronar, há outra — sem dúvida, a razão mais importante de todas. Só não sabia o quanto era importante até Sam Goldberg deixar sua porta aberta sem querer.

Poucas coisas são mais intrigantes para um gato do que a descoberta de uma porta aberta, até então resolutamente fechada. A oportunidade de explorar o desconhecido, até mesmo um território proibido, é algo a que não podemos resistir — motivo pelo qual armei uma emboscada num fim de tarde, no caminho de volta para Jokhang. Saltando da estante de revistas, percebi que a porta atrás do balcão da livraria estava aberta e, então, revi meus planos. Sabia que aquela porta levava ao andar de cima, ao apartamento do Sam. Quando Franc contratou Sam para montar e gerenciar a livraria, o acordo incluía o apartamento que Sam poderia usar, onde antes ficava o estoque.

Sem pensar duas vezes, escorreguei pela fresta da porta que dava direto para um lance de escadas. Os degraus eram altos e estreitos, cobertos por um carpete mofado. Iria demorar até que eu chegasse ao topo. Mas, ignorando a rigidez de meus quadris, prossegui em direção à luz que vinha da porta do segundo andar. Também entreaberta, a porta levava ao apartamento do Sam.

Muitas vezes me perguntava o que ele fazia quando subia as escadas, porque, do meu ponto de vista, sua vida profissional parecia um pouco maçante. Enquanto passava parte do seu dia conversando com clientes, pedindo novas remessas de livros às editoras, ou arrumando os livros no mostruário, na maior parte do tempo permanecia atrás do balcão, colado em seu computador. No que exatamente ele estava trabalhando era um mistério. Quando falava com Serena, às vezes usava termos como *gerenciamento de estoque*, *catálogos de editoras*, e *pacotes contábeis*. Ele geralmente fazia piadas sobre ser um nerd assim que se sentava atrás do teclado.

Mas por todas aquelas horas? Todos os dias? Aquilo me deixava ainda mais curiosa sobre o que iria descobrir ao final da escada.

Não havia dúvidas de que Sam tinha uma mente interessante. As pessoas o consideravam um incrível pensador depois de uma conversa na qual discutiam assuntos como a manifestação espontânea de símbolos tibetanos nas paredes das cavernas, ou as similaridades entre as biografias e os ensinamentos de Jesus e Buddha. Eu me perguntava se seu apartamento seria igualmente envolvente.

Ainda estava pensando sobre as possibilidades quando finalmente cheguei ao topo da escada. Percebendo que minha aparição seria inesperada, prossegui com cuidado. Me espremi entre a porta e o batente, e entrei em uma sala ampla e pouco mobiliada. As paredes brancas estavam vazias, desprovidas de quadros. No lado esquerdo, havia uma cama de casal coberta com um edredom azul desbotado. Na parede do lado direito, duas janelas com venezianas de madeira. Na parede oposta à porta, uma escrivaninha amparava três grandes monitores de computador. Sam estava sentado na cadeira de costas para mim. No chão à sua volta, um emaranhado de cabos e componentes de computador.

Então era *assim* que o Sam passava suas noites? Trocando a cadeira em frente a um computador no andar de baixo por outra no andar de cima? Havia um pufe em um dos cantos do apartamento. Mas, a julgar pela aparência das coisas, Sam passava a maior parte do tempo em frente ao computador. Naquele exato momento, estava envolvido em uma videoconferência — nos monitores, imagens em miniatura dos outros participantes. Já o havia escutado falar para Serena que essa era uma maneira de se manter atualizado com os autores, às vezes tentando persuadir os que estivessem viajando pela Índia a visitar a livraria para uma conversa ou uma sessão de autógrafos.

Com Sam absorto na videoconferência, olhei em volta no quarto. Minha atenção foi atraída para um montinho de objetos redondos e amarelos que logo reconheci dos programas de esporte na TV: bolas de golfe! Apoiado ao lado da porta, estava o taco.

Furtivamente, me aproximei das bolas. Quando estava a uma pequena distância, agachei-me assumindo uma posição de fera selvagem e lancei-me sobre elas, fazendo uma escorregar como um skate cruzando a sala em alta velocidade. A bola atingiu o rodapé na parede oposta com uma forte pancada. Sam rodou na cadeira e me pegou com as patas enroladas em outra bola, e minha boca aberta, pronta para uma mordida.

— Rinpoche! — gritou ele, olhando para mim e depois para a porta aberta. Soltei a bola e corri pela sala em frenesi, antes de pular em cima da cama.

Ele sorriu.

— O que está acontecendo? — veio uma voz dos alto-falantes.

Sam focou a câmera em mim por alguns momentos.

— Visita inesperada.

Um coro de *ohhhs* e *ahhhs* vindos do mundo inteiro encheu a sala.

— Não sabia que você gostava de gatos — disse um homem com sotaque americano.

Sam balançou a cabeça:

— Geralmente não, mas essa é meio especial. Sabe, ela é a Gata do Dalai Lama.

— E ela visita *você* em *sua* casa? — perguntou alguém, com voz incrédula.

— Que bacana! — exclamou outra pessoa.

— Ela é adorável! — balbuciou outra ainda.

Por alguns momentos, houve uma grande excitação, enquanto todos tentavam digerir aquela notícia globalmente relevante. Quando a conversa normal foi retomada, voltei para as bolas de golfe. Não tinha percebido como eram reconfortantes. E como eram leves! Agora entendia como os jogadores de golfe conseguiam arremessá-las tão longe.

Joguei uma outra bola pelo chão, na direção de um copo de plástico preto. A bola ultrapassou o alvo, bateu no rodapé, e foi arremessada de volta para mim. Assustada, pulei para o lado antes que ela me atingisse. Nunca havia imaginado que golfe poderia ser um esporte tão imprevisível e perigoso.

Entediada com o golfe, segui pelo corredor até chegar na cozinha. Diferentemente das cozinhas em Jokhang, constantemente em uso e de onde sempre vinha uma miscelânea de aromas, a cozinha do Sam era estéril e desinteressante, provavelmente porque ele sempre fazia suas refeições lá embaixo. Reparei em algumas latas vazias de cerveja e em uma embalagem de sorvete na lixeira. Nada de interessante por ali.

Estava perambulando pelo apartamento em busca de mais cômodos — não havia mais nenhum — enquanto alguém na chamada de videoconferência dizia:

— A psicologia ainda é uma ciência nova. Há pouco mais de cem anos Freud cunhou o termo *psicanálise*. Desde então, o foco maior tem sido ajudar pessoas com sérios problemas mentais. Recentemente temos visto tendências como a psicologia positiva, em que o foco não é ir de menos dez para zero, e sim de zero para dez.

— Maximizar o nosso potencial — opinou alguém.

— Um estado de maior prosperidade — disse outro.

— O que eu não entendo — Sam dizia — é que depois de tantas pesquisas nas últimas décadas, parece ainda não haver uma fórmula para a felicidade.

Parei. Fórmula para a felicidade? Aquilo era um jeito tão Sam de ser, com seus programas e códigos e algoritmos! Como se a felicidade pudesse ser reduzida a uma coleção de dados científicos.

— *Há* uma equação — disse um homem no centro da tela. — Mas, como a maioria das fórmulas, precisa de alguma explicação.

Sério? Não tinha certeza se o Dalai Lama sabia dessa fórmula, mas só a ideia de que alguma coisa assim pudesse existir me fez levantar as orelhas.

— A fórmula é F é igual a P mais C mais V — disse o homem, enquanto a digitava para que aparecesse na tela: F=P+C+V.

— Felicidade é igual ao seu *ponto biológico predeterminado*, ou P, mais as *condições da sua vida*, C, mais suas *atividades voluntárias*, V. De acordo com essa teoria, cada indivíduo possui um nível médio de felicidade predeterminada. Algumas pessoas são naturalmente otimistas e alegres, o que as coloca em uma ponta da curva do sino. Outras possuem temperamento sombrio e se localizam na outra ponta. A grande maioria de nós fica no meio. Este ponto é o padrão pessoal, o nível de base do bem-estar para o qual tendemos a retornar depois dos triunfos e das tragédias e do sobe e desce do nosso dia a dia.

Ganhar na loteria pode fazê-lo feliz por algum tempo, mas essa pesquisa mostra que, no final, é provável que você retorne ao seu ponto predeterminado.

— É possível mudar esse ponto predeterminado? — perguntou uma jovem com sotaque britânico. — Ou estamos presos a ele?

Pulei do chão para a cama, e da cama para a escrivaninha, para poder acompanhar melhor a discussão.

— A meditação — disse um homem com a careca reluzente e pele brilhante — tem um impacto muito forte. Estudos mostram que os pontos predeterminados de praticantes de meditação experientes estão bem acima da escala.

Sim, pensei, *Sua Santidade sabe disso!*

— Voltando para as condições, C — continuou o homem que estava explicando a teoria do ponto predeterminado. — Há certas coisas sobre as nossas condições que não podemos controlar, como sexo, idade, raça e orientação sexual. Dependendo do lugar onde você nasceu no mundo, tais fatores podem ou não ter grande impacto no seu provável nível de felicidade. Quanto ao V, a variável voluntária, este inclui atividades que você escolhe, como exercícios, meditação, aprender a tocar piano ou envolver-se em uma causa. Essas atividades exigem uma atenção contínua, o que significa que você não se habitua a elas do modo como você se habitua a um carro novo, por exemplo, ou uma namorada nova, e perde o interesse quando isso deixa de ser novidade.

O comentário causou uma risada geral no mundo todo.

Ele continuou:

— Quando você pega a fórmula para a felicidade no geral, percebe que, enquanto há certas coisas que não podem ser mudadas, há outras que podem. O foco principal deve estar nas coisas que podem ser mudadas e que terão um impacto na sua sensação de bem-estar.

O distante repique dos címbalos e a explosão de uma trombeta tibetana me lembraram da cerimônia que estava sendo realizada no Mosteiro de Namgyal naquele dia. Todos os monges participavam da refeição de celebração em homenagem a vários recém-graduados Geshes que haviam concluído com sucesso seus quatorze anos de estudo. No passado, descobri que ficar perto da cozinha do mosteiro durante essas ocasiões era muito gratificante.

Ao saltar da escrivaninha do Sam e ir em direção às escadas, refleti sobre a fórmula da felicidade. Era uma perspectiva interessante e não muito diferente do que Sua Santidade costumava dizer. As pesquisas contemporâneas do ocidente e a sabedoria milenar do oriente pareciam estar chegando ao mesmo lugar.

❧

Vários dias depois, Bronnie Wellenksy chegou ao Café com um novo cartaz para colocar no quadro de avisos. Bronnie, coordenadora canadense de uma instituição de caridade para a educação, usava o quadro do Café para afixar cartazes para turistas, anunciando atividades como visitas ao centro de artesanato e shows de artistas locais. Ela era espalhafatosa e alegre, estava sempre às voltas com alguma coisa. Seus cabelos na altura dos ombros viviam despenteados. Apesar de estar em Dharamsala há apenas seis meses, já era extremamente bem conectada.

— Este é perfeito para você — disse para Sam, enquanto colocava o cartaz no quadro de avisos.

Sam desviou os olhos da tela:

— O que é isso?

— Precisamos de professores voluntários para as aulas de treinamento básico em computação para os adolescentes da comunidade. Isso aumenta a empregabilidade deles.

— Eu já tenho um emprego — respondeu Sam.

— A carga horária é *muito* pequena — disse Bronnie. — Algo em torno de duas noites por semana. Até mesmo uma noite seria ótimo.

Depois de colocar o cartaz em um lugar privilegiado, ela se aproximou do balcão da livraria.

— N-nunca ensinei coisa alguma — Sam disse a ela. — Quer dizer, não sou qualificado para isso. Não saberia por onde começar.

— Do começo — replicou Bronnie, com uma expressão de incerteza e um sorriso deslumbrante. — Não importa se nunca ensinou. Essas crianças não sabem nada. Suas famílias não possuem computador em casa. *Qualquer coisa* que você pudesse fazer, seria, tipo, incrível. Desculpe, não sei o seu nome — disse ela, estendendo a mão por sobre o balcão. — Meu nome é Bronnie.

— Sam.

Enquanto Sam apertava sua mão, parecia notá-la pela primeira vez.

— Sempre te vejo trabalhando no computador — disse ela.

Sam levantou os braços em uma rendição simulada.

— Um *geek*.

— Não quis dizer dessa maneira — disse ela, alegremente.

— Mas é verdade — Sam respondeu, encolhendo os ombros.

Sustentando seu olhar, Bronnie falou:

— Não tem ideia do quanto poderia ajudar essas crianças. Até mesmo as coisas que você acha que são óbvias seriam uma revelação para elas.

Eu sabia a causa mais provável da relutância do Sam. No passado, já dissera tanto a Franc quanto a Geshe Wangpo, ele não gostava de lidar com pessoas. E lá estava Bronnie, pedindo que ele ficasse em pé diante de um grupo e ensinasse.

Bronnie não tirara seus olhos dos dele, e ainda sorria calorosamente.

— De todas as atividades voluntárias que você poderia fazer, é nesta que usaria as suas habilidades da melhor forma.

Foi a palavra com V que o fez tomar a decisão. *Voluntárias*. Mal sabia Bronnie que havia acertado em uma das variáveis da fórmula para a felicidade.

— Eu ajudaria também, é claro — ela ofereceu.

Será que ela estava vendo sua resistência se quebrar?

— O pessoal da internet do outro lado da rua está cedendo suas instalações — explicou. — Seria só uma hora, ao final da tarde. Curso de Word básico, talvez planilhas, esse tipo de coisa.

Sam estava balançando a cabeça.

— Ah, *por favor*, diga que sim! — implorou Bronnie.

Um sorriso se formou no canto da boca de Sam.

— Ok, ok! — disse ele, olhando para baixo. — Eu topo.

Sam levou sua responsabilidade de professor muito a sério. Já havia feito o download de alguns tutoriais para iniciantes, assistido a alguns vídeos sobre estratégias básicas de ensino e começado a fazer anotações. Várias vezes, durante os momentos calmos no Café, escutei Sam perguntar aos garçons sobre essa palavra ou aquele conceito: seria algo que os adolescentes indianos entenderiam?

Não sei quando aconteceu a primeira aula de computação. Deve ter sido em uma tarde quando eu já havia voltado para Jokhang. Mas logo se podia perceber uma mudança em Sam. Ele passava menos tempo atrás do balcão da livraria e mais tempo conversando com os clientes. Algo também mudara em sua postura. De alguma forma, ele parecia mais alto.

Suas primeiras aulas tinham sido boas o bastante para que continuasse. Sabia disso por conta de um comentário feito por Bronnie quando veio visitá-lo no Café uma manhã:

— Você estava *incrível* ontem à noite — disse com os olhos brilhando.

— Ah, foi só...

— Duas horas de perguntas! — disse Bronnie, rindo. — Nunca vi isso.

— Todos pareciam estar se divertindo.

— Incluindo o nerd que não sabe dar aulas?

— Até ele.

— *Especialmente* ele, eu diria. — Debruçando-se no balcão, ela pegou as mãos de Sam e disse algo que o fez explodir em uma risada. Sim, Sam — rir de ficar sem ar. Não teria acreditado se não tivesse visto com meus próprios olhos de safira.

Alguma coisa estava acontecendo, querido leitor. Algo que começou com V, mas que não terminou aí. Não se minha intuição felina estivesse certa.

❀

Foi na tradicional sessão de chocolate quente do fim do dia que meus instintos se confirmaram. Acontece que Lobsang também estava na livraria naquela noite. Serena o convidou para juntar-se a ela e Sam, e ele aceitou o convite. Ao observar Lobsang e Serena sentarem lado a lado no sofá, Sam abriu a porta que dava para o seu apartamento e subiu as escadas estrondosamente. Vozes abafadas vinham do segundo andar e depois, o som de seus passos descendo as escadas, juntamente com outra pessoa.

Olhei para Bronnie, fascinada. Era a primeira vez que a via com os cabelos penteados e sedosos, e o rosto maquiado. Ela vestia uma calça jeans justa e uma blusa bonita.

— Essa é a Bronnie — disse Sam, apresentando-a para Lobsang. Não havia necessidade de apresentá-la a Serena, pois já se conheciam.

— Minha namorada — acrescentou.

Bronnie olhou para ele com uma expressão de adoração. Sam sorriu. Lobsang juntou as mãos à frente do coração, inclinando-se para a frente. Serena sorriu.

— Estou muito feliz por vocês!

Depois que todos se acomodaram, Kusali deu início ao ritual do chocolate quente do fim do dia, com biscoitos para os cachorros e meu pratinho de leite.

Lobsang olhou para Bronnie e depois para Sam com um sorriso sereno:

— Então, onde vocês se conheceram?

— Eu precisava de voluntários para o programa das aulas de computação — respondeu Bronnie. — Estamos tentando preparar alguns adolescentes daqui para o mercado de trabalho, e Sam ofereceu ajuda.

Sam sorriu e acrescentou:

— É um jeito de contar. Ela não aceitava um "não" como resposta.

— Você pode parar quando quiser — ela provocou. Depois, olhando para Serena e Lobsang, disse: — Ele não vai parar. É um excelente professor, e as crianças simplesmente o adoram.

Sam olhou para o chão.

— Elas até deram um nome para ele.

— Pare! — disse Sam.

— Na segunda, ou foi na terceira noite em que estava lá...

— Bronnie!

— Eles decidiram chamá-lo de *Super-Geek*. Com o maior carinho, é claro.

Serena deu uma risada.

— Claro.

Bronnie foi implacável:

— Ele tem um jeito tão maravilhoso de passar as coisas. Dá para ver as lâmpadas da sabedoria se acendendo num piscar de olhos — disse ela, estalando os dedos.

— Só estou seguindo algumas sugestões do curso online a que assisti — protestou Sam. Ele sentiu necessidade de moderar o entusiasmo de Bronnie, embora, ao se recostar no sofá, parecesse estar gostando da atenção.

— Mais importante que a técnica — continuou ela, estendendo a mão para pegar a dele —, você deu a eles confiança. O sentimento de que, seja lá o que não souberem, eles podem aprender. Isso não tem preço.

— Então você descobriu uma verdadeira vocação — observou Lobsang.

Sam assentiu.

— Descobri. Quer dizer, eu amo os livros, mas acho que gosto de ensinar também. É como se uma nova dimensão tivesse se aberto, graças à Bronnie.

— Você quer dizer, graças à Fórmula — disse ela ironicamente.

— Fórmula? — perguntou Serena.

— Sam diz que ele só começou por causa da minha insistência — Bronnie disse. — Mas, depois, admitiu que a atividade voluntária era parte da fórmula para a felicidade.

— Isso é muito interessante — disse Lobsang. — Por favor, conte-nos a respeito, Sam.

Sam começou a explicar sobre as variáveis, os pontos predeterminados, as condições, e as atividades voluntárias. Terminei o meu leite, limpei o meu rosto e subi no colo de Serena, amassando um pouco sua roupa antes de me acomodar.

Depois que o Sam terminou sua explicação — com uma autoridade muito maior do que tinha no passado —, Lobsang disse:

— Então, para você, seu V — suas atividades voluntárias — é ajudar os alunos a conseguirem emprego?

Sam assentiu.

— Exatamente.

— Nós já conseguimos uma empresa que vai ficar com os três melhores alunos — disse Bronnie.

— Esse é um exemplo maravilhoso! — exclamou Lobsang, juntando as mãos em alegria. — Gosto do fato de que, ao beneficiar outros, vocês — disse, apontando para Sam e Bronnie como um casal — também se beneficiam! Conheço um verso que parece relevante. É sobre o trabalho se transformar em amor visível.

Ele começou a recitar:

É tecer o pano com fios tirados do vosso coração,
como se vosso bem amado fosse usar aquele pano.
É construir uma casa com afeição,
como se vosso bem amado fosse viver naquela casa.
É semear e colher com carinho,
como se vosso bem amado fosse comer aquelas frutas.

— Que lindo, Lobsang — disse Serena, olhando para ele com afeição. — Milarepa? — perguntou, citando um sábio budista famoso por seus versos. Lobsang balançou a cabeça.

— Kahlil Gibran. Amo sua poesia. — Um olhar distante se apoderou de seus olhos enquanto contemplava as palavras transcendentes que havia acabado de recitar.

— É um de meus favoritos também — concordou Sam. — Uma escolha interessante para um monge budista. — Respondendo às expressões intrigadas ao redor da mesa, Sam acrescentou: — Muito da obra de Gibran é romântica, sensual.

— Sim — Lobsang refletiu. Depois de uma pausa, falou: — Às vezes eu me perco em suas poesias e esqueço que sou isso ou aquilo. Ao final, fico pensando que talvez ser monge não seja necessário.

Suas palavras vieram como uma confissão inesperada. Pela primeira vez ele parecia curiosamente vulnerável.

Serena estendeu a mão e apertou a dele.

De seu colo, olhei para Lobsang e comecei a ronronar.

Sim, querido leitor, essa é outra razão para um gato ronronar. Indiscutivelmente, a mais importante: fazer você feliz. Ronronar é nosso V — nosso modo de lembrá-lo de que você é especial e amado, e nunca se esquecer do que sentimos por você, especialmente quando se sente vulnerável.

Além do mais, ronronar é a nossa forma de garantir sua boa saúde. Estudos mostram que ter uma companhia felina reduz o estresse e baixa a pressão arterial nos humanos. Donos de gatos são significativamente menos propensos a ter ataques do coração do que as pessoas que vivem em um mundo sem gatos. Se quiser, pode chamar isso de ciência do ronronar. Embora ciência e arte pareçam não ter muito a ver uma com a outra, nesse caso, ambas convergem para uma melhoria de vida.

Enquanto permanecia no colo de Serena, e meu ronronado aumentava, lembrei das palavras de Kahlil Gibran. Será que o grande poeta havia tido uma companhia felina? Se esse foi o caso, o que teria escrito sobre a razão mais importante do nosso ronronarem? Teria sido alguma coisa parecida com as linhas a seguir?

É para curar o corpo, acalmar a mente e dar alegria ao coração,
Porque é no colo do seu ser amado que você está sentado.

Capítulo 6

Fui despertada da minha *siesta* por uma voz familiar e seu acompanhamento de sempre, o chacoalhar de uma dúzia de pulseiras. A senhora Trinci estava visitando o Café e trazia uma notícia emocionante:

— Ele saiu do retiro!

Ela e Serena estavam em pé perto de mim, ao lado da estante de revistas.

— Depois de dez anos? — A expressão de Serena era uma mistura de espanto e alegria.

— *Doze* — corrigiu sua mãe.

— A última vez em que o vi — disse Serena olhando para cima, tentando ativar a memória — foi antes de eu ir para a Europa.

— *Sí* — sua mãe concordou.

— Quem te contou? — Serena perguntou.

— Dorothy Cartwright. Fui visitá-la hoje pela manhã. Ela está até o pescoço com as preparações.

— Então ele vai ficar com...?

— *Sí*, com os Cartwrights! — Os olhos da senhora Trinci brilharam.

— E quando ele vai...?

— Hoje! — As bochechas da senhora Trinci estavam coradas. — Ele está vindo de Manali agora mesmo!

A figura no centro de toda essa excitação, descobri mais tarde, era Iogue Tarchin. *Iogue* não é um título oficial, mas informal, que é adquirido ao longo dos anos, quando o talento como mestre de meditação é primeiramente firmado e, depois, cada vez mais reverenciado. A inclinação do Iogue para uma vida de meditação já era evidente desde quando ainda era um menino de cinco ou seis anos, crescendo na província de Amdo, no Tibete. Em vez de correr pelos campos com os outros meninos de sua idade, ou brincar com os bonecos de madeira que seu pai fazia, ele se recolhia em uma caverna nas montanhas atrás de sua casa e sentava em uma pedra, recitando mantras. Havia feito seu primeiro grande retiro com vinte e poucos anos, ficando isolado do mundo pelo período tradicional de três anos, três meses e três dias. Desde então, havia feito muitos outros retiros. Ele também havia enfrentado uma grande tragédia pessoal, ao perder sua mulher e seus dois filhos pouco antes de ele completar trinta anos, quando o ônibus em que viajavam caiu de um penhasco, matando todos os passageiros.

O patrocinador dos retiros de Iogue Tarchin era a família Cartwright de McLeod Ganj, cuja filha, Helen, era amiga de Serena. Encontrar Iogue Tarchin aos dez anos de idade, enquanto empurrava um carrinho de chá, fez com que Serena se sentisse imediatamente atraída pelo homem leve e quase embaraçosamente modesto. Embora seu inglês naquela época fosse muito limitado, fora sua presença que afetara Serena, como a muitas outras pessoas. Não era simplesmente o calor dos seus olhos castanhos, mas um sentimento de atemporalidade que ele transmitia, muito difícil de expressar em palavras. Perto dele, tínhamos a sensação de que o mundo como nós o conhecemos é ilusório, como nuvens que passam pelo céu, e que por trás dessa aparência está uma realidade radiante tão expansiva que nos deixa sem ar. Era para essa realidade que Iogue Tarchin nos oferecia uma ponte.

Por causa da grande amizade entre as famílias Cartwright e Trinci, Iogue Tarchin tinha sido recebido pela família Trinci em casa. Na volta de seus longos períodos em Ladakh, no Butão, ou na Mongólia, ele sempre arrumava um tempo para ver a família Trinci, mesmo quando sua posição de mestre em meditação se tornou cada vez mais alta e longas filas de monges e praticantes leigos do mundo inteiro, que vinham à procura de instrução ou bênçãos, se formavam em frente à sua casa.

As histórias sobre Iogue Tarchin eram lendárias. Havia uma em que ele apareceu para um de seus alunos em um sonho, e insistiu tanto que o monge visitasse sua mãe idosa imediatamente que, no dia seguinte, o monge começou sua jornada de dois dias até Assam. Ao chegar lá, ele não encontrou nada de errado — sua mãe gozava de boa saúde e se sentia confortável com sua rotina. Mas, no segundo dia da visita, uma terrível tempestade atacou toda a região, causando inundações e um grande desmoronamento de terra. A casa de sua mãe, seguramente agarrada à encosta por meio século, de repente se descolou e começou a deslizar para uma catástrofe. Se o monge não estivesse por perto para protegê-la, sua mãe certamente teria morrido.

Uma outra história envolvia um aluno que estava em um retiro solitário de três meses em uma caverna em Ladakh. Depois que ele voltou ao seu mosteiro, perguntaram quem o havia alimentado durante o retiro. Iogue Tarchin, o monge havia respondido durante as instruções de praxe. Aquilo pareceu sem importância, até que outros monges lhe disseram que durante aqueles três meses Iogue Tarchin não havia faltado a nenhuma sessão de meditação no mosteiro, que ficava a cinquenta milhas de distância da caverna. Sem estradas ou transportes, a única forma pela qual Iogue Tarchin poderia ter percorrido a distância até o retiro era através da *lung-gom-pa*, uma prática na qual os adeptos mais habilidosos são capazes de cobrir grandes distâncias em velocidades super-humanas sem qualquer esforço.

Também havia aquela do filantropo americano que arrecadava doações para uma escola no Tibete que Iogue Tarchin estava ajudando a reconstruir. O benfeitor queria entregar ao Iogue as doações pessoalmente quando visitasse a Índia em quatro meses; Iogue Tarchin disse a ele que convertesse a soma em dólares australianos. Surpreendido pelas instruções, mas sabendo que era melhor não questioná-las, o benfeitor as seguiu rigorosamente. Nos três meses seguintes, a moeda australiana valorizou em quinze por cento, quando Iogue Tarchin enviou-lhe uma mensagem para que o dinheiro fosse trocado por rúpias indianas. A facilidade do Iogue, não só para o câmbio, mas também para línguas, comércio e outras atividades mundanas nas quais ele escolhe se envolver, é notória. Ele pode não ter passado muito tempo no mundo comum, mas o entendia perfeitamente.

Como leigo, às vezes conhecido como um chefe de família no budismo tibetano, Iogue Tarchin precisava se sustentar, e, no passado, já havia trabalhado ocasionalmente em escritórios, entre um retiro e outro. Mas seu foco principal continuava sendo a meditação, mais recentemente, em quatro retiros de três anos sucessivos, durante os quais suas necessidades modestas foram cobertas pela família Cartwright. Ninguém havia visto Iogue por mais de doze anos. Se ele já era capaz das mais surpreendentes façanhas antes desse período, o que mais ele poderia fazer ao final desses doze anos?

Serena não era a única a fazer tais conjecturas, conforme descobri ao voltar para Jokhang. No escritório dos assistentes, Tenzin e Lobsang também falavam sobre Iogue Tarchin. Eles não sabiam quanto tempo ele pretendia ficar em McLeod Ganj, mas iriam enviar uma carta pedindo que ficasse pelo menos até o retorno do Dalai Lama. Certamente Sua Santidade iria gostar de encontrá-lo outra vez.

Na manhã seguinte, no templo, sentei-me ao sol enquanto os monges chegavam para a sessão de meditação do final da manhã. Por várias vezes ouvi o nome de Iogue Tarchin sendo mencionado, juntamente com histórias sobre seus incríveis poderes. Foi quando decidi que iria me encontrar com o Iogue por mim mesma. Boatos e relatos de segunda mão são muito bons, mas não há nada como a experiência propriamente dita de se sentar no colo de uma pessoa para entender como ela realmente é. Serena havia marcado uma audiência com essa figura mística. Durante sua infância, ela era muito próxima tanto de Iogue Tarchin como do Budismo. Mas o tempo que passou na Europa a enchera de dúvidas, que se transformaram em obstáculos para sua prática. Sem mencionar as questões pessoais para as quais ela gostaria de conselhos.

E foi assim que vim parar na casa dos Cartwrights dois dias depois. Não muito longe do Mosteiro de Namgyal, a casa era uma antiga estância, com telhado de estanho e chão de madeira polida, coberto com tapetes indianos com tramas intrincadas. Dorothy Cartwright e eu havíamos nos encontrado várias vezes durante suas visitas ao Café & Livraria do Himalaia, e, embora ela parecesse surpresa ao me ver ali, seguindo de perto os passos de Serena, não iria fechar a porta na minha cara, assim como não proibiria a entrada do próprio Dalai Lama.

Pouco tempo depois, Serena já estava tirando seus sapatos e batendo suavemente na porta de madeira. Reparei que suas mãos tremiam um pouco. Ao escutar o chamado de Iogue Tarchin, ela girou a maçaneta de bronze e entrou em uma sala que parecia de outra era. Ampla e espaçosa, estava iluminada apenas pela luminosidade que vinha dos três painéis de janelas estreitas que cintilavam como barras de ouro, lançando um brilho etéreo no sofá-cama baixo onde Iogue Tarchin sentava com as pernas cruzadas. Ele vestia uma camisa vermelha desbotada, cujo colarinho estilo *nehru* chamava a atenção para um rosto tranquilo que não mostrava a idade. Quando seus olhos castanhos escuros encontraram os de Serena, seu semblante se iluminou com tamanha afetuosidade que o ar na sala parecia dançar de alegria.

Ajoelhando-se no tapete em frente a Iogue Tarchin, Serena trouxe as mãos em frente ao coração e inclinou-se em uma profunda reverência.

Ele estendeu suas mãos, segurando as dela entre as suas, e tocando sua testa na de Serena. Eles permaneceram assim por um longo tempo, os ombros de Serena balançavam e as lágrimas desciam pelo seu rosto.

Finalmente ela se endireitou e encontrou seu olhar de pura compaixão. Não havia a necessidade de palavras durante o tempo em que permaneceram sentados. Conversas triviais pareciam supérfluas enquanto se abraçavam novamente, em um nível mais profundo.

Então, Iogue Tarchin falou:

— Minha cara Serena, você trouxe alguém com você.

Ela se virou, olhando na direção onde eu estava sentada, perto da porta.

— Acho que ela quer te conhecer.

Ele assentiu.

— Ela é muito especial — disse Serena a ele.

— Posso ver.

— Ela é a Gata de Sua Santidade — explicou Serena. — Mas tem passado muito tempo conosco enquanto ele está viajando. — Serena fez uma pausa. — Vocês permitem...?

— Em regra, não — disse ele. — Mas vendo que ela é sua irmãzinha...

Irmãzinha? Diziam que Iogue Tarchin, assim como outros mestres iluminados, era clarividente. Ou será que ele estava falando metaforicamente? Seja como for, não precisei de mais convites. Lançando-me sobre ele, pulei em seu sofá-cama e cheirei sua camisa. Tinha aroma de cedro, talvez com algum toque de couro, como se tivesse ficado pendurada no armário por um longo tempo.

O simples fato de ficar fisicamente perto de Iogue Tarchin era uma experiência extraordinária. Assim como Sua Santidade, ele parecia emanar uma energia única. Junto com um sentimento de paz oceânica, ele também transmitia uma atemporalidade, como se esse estado de sabedoria exaltada sempre tivesse existido, tal como existia agora, e como sempre existiria.

Enquanto ele perguntava sobre a mãe de Serena, decidi que seu colo era um no qual eu gostaria de me sentar. Acomodei-me no cobertor que estava esticado sobre suas pernas, e ele me acariciou gentilmente. A sensação de suas mãos em meu pelo me causou um arrepio de contentamento que percorreu todo o meu corpo.

— Doze anos é um tempo tão longo — dizia Serena.
— Quatro retiros seguidos. Posso perguntar por que você resolveu continuar?

Um relógio cuco soou pelo ar da tarde.

— Porque eu pude — respondeu Iogue Tarchin simplesmente. Então, vendo a expressão perplexa de Serena, acrescentou: — Foi a oportunidade mais preciosa. Quem sabe quando eu poderei encontrar as mesmas circunstâncias novamente?

Ela assentiu. Serena estava considerando as implicações de passar doze anos sem contato humano, sem TV, rádio, jornais, ou internet; doze anos sem jantar fora, sem diversão, sem festas de aniversário, Natal, Dia de Ação de Graças ou outras festividades. A maioria das pessoas consideraria isso uma privação dos sentidos, uma forma de tortura. Mas Iogue Tarchin tinha feito isso de bom grado, e o efeito transcendental nele era palpável.

Mas uma corrente contrária, mais negativa, estava perturbando Serena.

— Suponho que, para um praticante avançado de meditação — ela reverenciou Iogue Tarchin —, esse treinamento seja muito útil. Mas para alguém como eu... — Era como se ela não conseguisse expressar suas reservas.

Sorrindo, Iogue Tarchin inclinou-se para a frente e tocou sua mão.

— O que é melhor — ele perguntou —, um médico ou um socorrista?

Serena parecia surpresa com a pergunta.

— Um médico — respondeu imediatamente, mas depois hesitou. — Se alguém só precisasse de um atendimento simples...

— Os dois são necessários — ele confirmou.

Serena assentiu.

— Um treinamento de primeiros socorros leva quanto tempo? Alguns dias? Mas e para se tornar um médico?

— Sete anos. Até mais, com especialização — disse Serena.

— Não é uma perda de tempo? Sete anos, quando eles já poderiam estar ajudando pessoas com um treinamento de alguns dias?

Houve uma pausa enquanto Serena absorvia o verdadeiro significado do que ele estava dizendo.

— Todos esses praticantes de meditação — disse ele, com um gesto que abrangia toda a região do Himalaia e arredores. — Por que eles não estão trabalhando na caridade? É assim que algumas pessoas pensam. Seria muito melhor se distribuíssem comida e construíssem abrigos para os sem-teto, em vez de ficarem com suas bundas sentadas o dia todo.

Serena deu uma risadinha com a forma direta de falar de Iogue Tarchin.

— É muito bom ajudar as pessoas e os animais através da caridade. É muito útil, assim como os primeiros socorros. Mas uma solução permanente para o sofrimento exige algo diferente: a transformação da mente. Ajudar outros a entender que primeiro é preciso retirar o que obscurece a nossa própria mente. Então, como o médico, nossa capacidade de ajudar passa a ser muito maior.

— Algumas pessoas diriam que isso é conversa fiada — murmurou Serena. Ela parecia feliz com a oportunidade de discutir suas reservas com franqueza. — Diriam que a consciência é apenas o cérebro trabalhando, então a ideia de transformação através das várias vidas...

Iogue Tarchin assentiu, com olhos brilhando.

— Sim, sim. A superstição do materialismo. Mas como algo pode chegar a ter uma qualidade que não possui?

Serena franziu o cenho:

— Não estou entendendo.

— Uma pedra pode criar música? Um computador pode sentir tristeza?

— Não — Serena reconheceu.

Ele assentiu uma vez.

— A carne e o osso podem produzir consciência?

Ela refletiu sobre aquilo por um tempo.

— Se o cérebro não produz a consciência — disse ela —, por que quando o cérebro é danificado, a mente também é afetada?

Iogue Tarchin abriu um sorriso e se balançou em sua almofada por um instante.

— Muito bom! Muito bom que você esteja fazendo perguntas! Diga-me, se a sua televisão estiver quebrada, e você não conseguir ver nada, a não ser uma tela escura, isso quer dizer que não há mais televisão?

Quando viu o sorriso de Serena se abrir, ele não esperou por uma resposta:

— Claro que não! Claro, se o seu cérebro estiver danificado, vai afetar a experiência de consciência. Talvez a consciência nem possa ser vivenciada. Mas o cérebro é como um receptor, um aparelho de televisão. É lamentável confundir os dois... Se alguma vez te disserem "Ah, a mente é só cérebro", pergunte a eles onde ficam armazenadas suas memórias. Eles terão de admitir que não sabemos. Apesar dos muitos anos de pesquisa e de investimento, os cientistas nunca descobriram onde o cérebro armazena as memórias. Nunca irão descobrir, porque elas não são armazenadas fisicamente! Os cientistas fizeram experiências com animais, destruindo a parte de seus cérebros onde achavam que a memória era contida. Mas os animais ainda podiam se lembrar. Neurocientistas, psicólogos, filósofos — todos eles têm ideias a respeito da mente. Mas uma ideia é apenas uma ideia, apenas um conceito. Não é a coisa propriamente dita. Se quisermos saber o que a mente é de verdade, devemos experimentá-la em primeira mão. Diretamente.

— Em meditação?

— Certamente. Algumas pessoas têm medo de fazer isso. Temem que, se experimentarem uma mente livre, de alguma forma, deixarão de existir. Irão desaparecer em uma nuvem de fumaça! — Ele sorriu. — Mas pensamentos são apenas pensamentos. Eles aparecem, persistem e passam. Quando somos capazes de permanecer em consciência pura, livre do pensamento que acabou de ir embora e do outro que virá, podemos ver nossas mentes por nós mesmos. Vivenciamos suas qualidades. Só porque é difícil descrever essas qualidades não significa que a mente não as possua.

Serena parecia intrigada.

— Como assim?

— Você realmente pode descrever as qualidades do chocolate? Você pode dizer que é doce e que derrete na boca e que vem em diferentes sabores, mas tudo isso são apenas ideias —, conceitos que apontam para algo que não tem natureza conceitual. Da mesma forma, podemos descrever a mente como ilimitada, radiante, serena, que tudo sabe, amorosa e de natureza compassiva. Mas outra vez — ele encolheu os ombros — são meras palavras. Ficção verbal.

— Acredito que a maioria de nós pensa no corpo e na mente como sendo só isso — disse Serena, apontando para sua figura corporal.

Iogue Tarchin assentiu.

— Sim. É um trágico mal-entendido possuir essas crenças de autolimitação, pensar que você não é nada além de um saco de ossos, em vez de ser uma consciência ilimitada. Acreditar que a morte é um fim, e não uma transição. Pior de tudo é não perceber como toda ação do corpo, da fala e da mente afeta a sua futura experiência da realidade, até mesmo para além desse tempo e dessa vida. Crenças como essas fazem as pessoas desperdiçarem as oportunidades da nossa vida humana preciosa. Nossas mentes são muito maiores do que isso!

— Onisciência? — Serena perguntou.

— Nós temos esse potencial.

— Clarividência?

Ele deu de ombros

— Alguns fazem um estardalhaço com isso. Mas a clarividência vem naturalmente em uma mente desobstruída.

— E os sonhos?

— Em uma mente agitada, não treinada, um sonho é apenas um sonho — *a não ser que* você tenha a sorte de ter um professor capaz de transmitir através dessa agitação.

Por um momento, ele parou de me acariciar. Virei a minha cabeça e olhei para ele até que recomeçasse.

— O sonho pode ser uma oportunidade fantástica se você for uma pessoa treinada. Saber que você está sonhando quando estiver sonhando permite que você controle o sonho. Podemos projetar a nossa consciência em diferentes esferas da experiência.

Iogue Tarchin refletiu sobre as questões subjacentes nas perguntas de Serena, antes de perguntar:

— Por que as perguntas sobre clarividência e estados do sonho?

Ela olhou para baixo, para suas mãos apoiadas em seu colo.

— Talvez haja algo mais? — acrescentou ele.

Vi as bochechas de Serena corarem quando olhou brevemente para ele.

— Acho que sim...

Iogue Tarchin permaneceu em silêncio e completamente imóvel. O único movimento na sala era uma fita prata de fumaça que oscilava preguiçosamente sobre o incenso que queimava na janela.

— Voltei da Europa há uns dois meses — Serena começou.

— Sim, sim — ele confirmou, como se soubesse, pedindo para ela continuar.

— Meu plano era vir para casa por pouco tempo. Mas, agora que estou aqui, comecei a questionar as minhas razões para querer voltar à Europa. Acho que seria melhor, e eu ficaria mais feliz, se ficasse aqui. — Seus olhos encontraram os dele.

— Muito bom — disse Iogue Tarchin, parecendo confirmar a decisão.

— Mas não tenho certeza. Sabe, sou solteira. Não sei se Dharamsala é o melhor lugar. Você não conhece aqui o tipo de pessoa...

— Entendo — disse ele gentilmente, depois que suas palavras se dissiparam. De repente, uma faísca de malícia cruzou o seu rosto.

— Quer que eu leia seu futuro?

O sorriso de Serena era triste. Juntando as mãos na frente do coração, ela disse:

— Você tem essas habilidades...

— Essa prostração — ele balançou o indicador — não é necessária. O que surge para você depende das suas ações, do karma e das condições que você cria.

— Ah... — Serena estava desapontada. — Pensei que você pudesse ver a vida dos outros.

Iogue Tarchin respondeu ao seu desapontamento.

— Você não tem motivos para se preocupar — disse a ela.

Serena o olhou, suplicante.

— Você vê filhos no meu futuro? Estou começando a pensar em um modo de vida diferente...

Suas palavras ficaram suspensas no calor da tarde, antes de Iogue Tarchin lhe dizer:

— Você criou as causas para muita felicidade.

Sem mais uma palavra, ele lhe passou uma profunda sensação de que tudo ficaria bem.

Serena recostou-se, relaxando as costas.

Por alguns instantes, a conversa girou em torno do Café & Livraria do Himalaia e dos planos de Iogue Tarchin de permanecer em McLeod Ganj por alguns meses e compartilhar seus ensinamentos. Depois, a conversa terminou. Enquanto Serena agradecia a Tarchin pelo tempo que passaram juntos, ele pegou suas mãos e lhe agradeceu por ter reestabelecido a conexão entre eles.

Pulei do seu colo quando Serena se levantou, e a segui quando ela percorreu o tapete. A iluminação da sala estava ainda mais suave agora — os três painéis dourados transformaram-se em prateados — mas a sala estava repleta de energia. Serena deixou a sala com um sentimento de que, no fundo, tudo estava e sempre estaria bem.

Iogue Tarchin acompanhou Serena até a porta e a observou caminhando pelo corredor, enquanto eu vinha patinando logo atrás, com meu rabo peludo levantado. Serena estava quase dobrando a esquina no final do corredor, quando ele revelou:

— Talvez você já o conheça.

Ela parou, virando-se para trás.

— Você quer dizer aqui em Dharamsala?

Ele assentiu.

— Estou pensando.

※

Mais tarde, durante a tradicional sessão de chocolate quente do fim do dia, Serena disse a Sam:

— Queria tanto que todos conhecessem Iogue Tarchin. Ou alguém como ele.

Como Bronnie estava em aula, éramos só nós três e os cachorros.

Serena estava descrevendo seu encontro com Iogue Tarchin e sua conversa. Não o pedaço sobre suas perspectivas românticas, claro, mas o que eles haviam discutido sobre a mente.

— Não são só as explicações — disse ela. — É a sensação que você tem na presença dele. Uma vibração. Não consigo descrever ao certo, mas quando você está com ele, você sente algo diferente, de uma maneira positiva.

Sam assentiu.

— Ele é a prova viva do que acontece quando nos damos conta do potencial da nossa mente — disse Serena, com os olhos brilhando. — Iogue Tarchin afirma que *tudo* é possível. Vai muito além, até de coisas como clarividência e telepatia, que ocorrem naturalmente em uma mente desobstruída.

— Mesmo as mentes comuns são capazes desse tipo de coisa, muito mais do que a maioria das pessoas acredita — disse Sam.

Serena ergueu as sobrancelhas.

— A maioria das pessoas vivencia a telepatia ou a precognição em algum momento, mas acha que são acontecimentos fortuitos — continuou ele. — Coincidências. A maioria dos cientistas nem mesmo busca evidências de PES[9] por acreditarem que são bobagens. Ironicamente, essa é uma atitude nada científica, porque a maioria deles estigmatiza o problema sem ao menos dar atenção às evidências — Sam deu uma risada. — Interessante como, através do tempo, quando as pessoas mostravam poderes místicos, ou eram veneradas ou maltratadas. Uma reação muito mais sensata, poderíamos imaginar, seria se perguntar: como eu posso desenvolver esses poderes também?

---

9   Percepção extra-sensorial. (N. T.)

— Exatamente.

— Estamos intrinsecamente ligados a eles — Sam afirmou com tanta convicção, que Serena levantou uma sobrancelha.

Colocando sua caneca sobre a mesa, ele se levantou, caminhou até uma das prateleiras, pegou um livro e retornou ao sofá.

— Há muitos estudos sobre isso aqui, ensaios clínicos adequados, feitos por cientistas que *estão* preparados para investigar as coisas objetivamente. Eles mostram que a chamada paranormalidade é, na verdade, normal. Um teste que eu gosto, e que já foi realizado inúmeras vezes, liga pessoas a detectores de mentira enquanto elas observam uma sequência de imagens em um computador, que variam desde imagens emocionalmente calmas, como paisagens, até imagens chocantes, como cadáveres retalhados para autópsia. Um computador seleciona aleatoriamente as imagens para que ninguém, nem mesmo os pesquisadores, saibam se a próxima será uma imagem calma ou chocante. O que você acha que acontece?

— O ponteiro do detector fica louco toda vez que uma imagem chocante é mostrada às pessoas?

Ele balançou a cabeça.

— Três segundos *antes* que a imagem chocante seja mostrada. Antes mesmo do computador fazer a seleção. É precognição. E são apenas pessoas comuns sendo testadas.

Serena se recostou no sofá com um sorriso. Como havia terminado o meu leite, tomei o colo disponível como um convite.

— A mente não é apenas um computador feito de carne — disse Sam.

— E nós não somos apenas seres humanos capazes de ter experiências espirituais — acrescentou Serena —, mas também seres espirituais capazes de ter experiências humanas.

Ao amassar suas pernas, estendi minhas garras através de sua roupa apenas por um instante.

Ela fez uma careta antes de acrescentar:

— Ou experiências felinas.

— Naturalmente — brincou Sam.

Naquela noite, enquanto eu me aconchegava na cama que geralmente dividia com o Dalai Lama, contemplei todas as extraordinárias percepções sobre a mente reveladas por Iogue Tarchin. E percebi que a verdadeira felicidade só é possível através de um entendimento mais amplo da mente. Uma visão limitada de um saco de ossos só poderia produzir uma felicidade limitada — passando prazeres sensoriais, satisfação temporária, experiências que resplandecem apenas por pequenos gloriosos instantes antes de desfalecer. Mas a sensação de profundo bem-estar em pessoas como Iogue Tarchin e Sua Santidade era tão forte que você podia até senti-lo. E não tinha nada a ver com prazeres temporários: Iogue Tarchin não os havia tido naqueles doze anos! Não, essa sensação era oceânica, duradoura, profunda — felicidade de uma ordem muito diferente.

Há um clima de perigo iminente quando Sua Santidade retorna ao quarto. Ele é um jovem de vinte e poucos anos. Em sua companhia, uma senhora tibetana mais velha, de rosto amável, mas destemido. Seu xale brocado está preso a seu pescoço por um broche azul turquesa. Sua postura é de rainha.

Seguindo os dois, vários monges serventes se movimentam rapidamente de um lado para outro no cômodo. Eles juntam papéis, empacotam itens pessoais, enrolam tapetes com tramas intrincadas. Reconheço um deles como sendo o jovem Geshe Wangpo. Eles estão com muita pressa.

Deitada no parapeito, observava o Palácio de Potala, do outro lado de Lhasa, para onde as montanhas subiam do outro lado do vale. Enquanto o Dalai Lama entra no quarto, levanto minha cabeça para ver.

Sentindo uma ligeira coceira, levanto minha pata traseira direita e me coço várias vezes. Olhando para baixo, vejo que minha perna é curta e coberta por um pelo desgrenhado. Meu rabo também é curto, com uma pluma felpuda. Em vez de garras retráteis, minhas unhas são largas e grosseiras. Sua Santidade se aproxima de mim e me pega no colo.

— Este é o dia que todos temíamos — ele sussurrou baixinho em meu ouvido. — O Exército Vermelho está invadindo o Tibete. A decisão foi tomada, e preciso deixar Lhasa o quanto antes. Meu destacamento avançado não pode levar você conosco pelas montanhas. Não seria justo com ninguém. Mas Khandro-la irá tomar conta de você aqui no Tibete. Ela cuidará de você, como se você fosse eu.

Agora eu sei por que a senhora com o broche azul turquesa estava lá. Há um momento de intensa tristeza. Será que emana do Dalai Lama ou de mim?

Afastando-se, de modo que só nós dois olhássemos o vale pela janela, Sua Santidade sussurra:

— *Não sei quanto tempo terei de ficar fora. Mas prometo te encontrar novamente, minha pequena.* — *Há uma pausa antes de continuar.* — *Mesmo que não nesta vida,* **definitivamente** *em uma vida futura.*

※

Enquanto isso acontecia, sei que meu sonho é um sonho. Só que não é. Também estou sendo agraciada com um breve e desobstruído vislumbre do meu passado.

Como cachorro.

Capítulo 7

Eu?!?!

Querido leitor, não vou fingir que não fiquei absolutamente impressionada com o sonho. Contudo, depois do encontro com Iogue Tarchin, não tive dúvidas de que o que tinha visto era verdade. Por alguns momentos extraordinários, fui capaz de sintonizar uma experiência prévia de consciência.

Depois, desapareceu.

Ao acordar, cedo na manhã seguinte, lembrei-me de Iogue Tarchin dizendo algo sobre "a sorte de ter um professor capaz de transmitir através dessa agitação". E sabia que, em qualquer lugar do mundo que o Dalai Lama estivesse, o sonho tinha sido um presente. Uma confirmação da ligação que nos conectava, ligação essa, fiquei surpresa em descobrir, que remontava a uma outra vida.

Talvez eu não devesse ficar tão surpresa. Não era um ensinamento convencional do Budismo, segundo o qual a lei de causa e efeito, ou karma, se estende por muitas vidas? A razão pela qual boas coisas acontecem com seres ruins, e coisas ruins acontecem com seres bons, não é necessariamente o resultado das causas que eles criaram nesta mesma vida. Assim como eu acabara de vivenciar, é um véu muito frágil, o que nos impede de rever, com perfeita clareza, momentos passados de consciência. E o que era a passagem de umas décadas no contexto de um tempo sem início, se não um salto de um lugar para o outro? Mesmo assim, o sonho havia aberto a porta para possibilidades que eu nunca havia considerado, como quem eu tinha sido em outras vidas.

E o *quê*!

Parecia ser um Lhasa Apso em 1959, quando o Dalai Lama foi forçado ao exílio.

A ideia de que eu havia sido um cachorro era profundamente desconcertante. Isso certamente lançava uma nova luz sobre as questões que eu tinha a respeito da minha linhagem himalaia impecável — ainda que sem documentos comprobatórios. Ascendência, *pedigree* e coisas do gênero de repente pareciam perder a importância, quando comparados a questões muito mais importantes sobre para onde minha consciência tinha ido, o que tinha experimentado, o que tinha feito, os efeitos pelos quais estava passando no aqui, agora. Por mais que eu, como outros felinos, julgasse nossa espécie superior aos cães, uma coisa que eu não podia negar era o fato de que os cães têm consciência. Como os gatos e os humanos, eles entram na categoria dos *sem chens*, expressão tibetana para seres que possuem uma mente.

Do modo curioso como vários acontecimentos aparentemente sem relação entre si podem, às vezes, ocorrer ao mesmo tempo em sua vida, apontando-lhe uma verdade única e inconfundível, poucos dias depois do sonho, lá estava eu, escutando uma conversa muito curiosa no Café & Livraria do Himalaia.

A pessoa que conduzia a conversa não era um dos palestrantes do clube do livro do Sam, embora fosse tão conhecido quanto os melhores deles. Biólogo de uma das melhores universidades inglesas, ele era um pesquisador cujos estudos sobre a memória e a consciência já haviam sido publicados e virado *best-sellers* no mundo todo. Estava visitando McLeod Ganj, quando passou pelo Café. Eram dez horas da manhã, e ele sentiu vontade de tomar uma xícara de café. Ao entrar, não pôde deixar de perceber um grande pôster dele mesmo pendurado em cima de uma pilha ainda maior de exemplares de seu livro mais recente. Vestindo exatamente o mesmo paletó de *tweed*, a camisa verde escuro e calças de veludo da foto, ele parou para olhar o pôster e percebeu que, atrás do balcão, Sam olhava para ele, para o pôster, e novamente para ele.

Seus olhares se encontraram e os dois riram.

Então Sam desceu os degraus e estendeu a mão.

— É uma grande honra tê-lo aqui na loja — disse ele. — Se eu soubesse...

— Eu estava apenas passando — o biólogo disse a ele, com um sotaque inglês cortante. — Não sabia deste lugar.

— Estou certo que o senhor deve escutar isso sempre, mas sou um *grande* fã do seu trabalho! — disse Sam. — Tenho acompanhado há anos as suas pesquisas. Temos todos os seus livros. — Ele apontou para as prateleiras atrás dele. — Se importaria de autografar alguns?

— Seria um prazer — disse o visitante.

Sam o conduziu até o balcão, parando no meio do caminho para pegar alguns livros e ofereceu uma caneta ao biólogo.

— Se soubesse que estava vindo para Dharamsala, eu teria convidado-o para fazer uma palestra em nosso clube do livro.

— É uma visita muito rápida — disse o cientista.

Sam pressionou um pouco mais.

— Tantas pessoas aqui iriam ficar fascinadas em conhecê-lo...

Enquanto o autor autografava os livros, Sam teve uma ideia:

— O senhor não estaria livre para o almoço hoje, estaria? Poderia convidar algumas pessoas.

— Tenho um compromisso às onze e espero que não demore mais que uma hora — o biólogo disse. — Depois disso, tenho um tempo livre.

❈

Quando o cientista voltou, havia dez pessoas sentadas à mesa perto da livraria, esperando para almoçar com ele. Além de Serena e Bronnie, o grupo incluía Ludo e alguns alunos de ioga, Lobsang que veio de Jokhang, e outras pessoas que reconheci do clube do livro. Como sempre, a atmosfera no Café estava animada e otimista, e quando o convidado chegou, foi recebido como um amigo muito honrado. Os pedidos foram feitos, os drinques servidos, e, enquanto todos aguardavam o almoço ser servido, Sam virou-se para o biólogo e perguntou:

— O senhor poderia nos contar qual é a pesquisa que está realizando no momento?

— Certamente — disse ele. — Uma linha de pesquisa que estou explorando há muitos anos é a senciência dos animais —, o que a consciência significa nos seres não humanos e como difere da nossa.

— Como os cachorros podem perceber sons agudos e nós não? — perguntou alguém do clube do livro.

— Diferenças de percepção fazem parte da pesquisa — explicou o convidado. — E é interessante como os animais estão sendo cada vez mais usados pelas suas habilidades perceptivas. Estamos todos bem acostumados com os cães guias para os cegos, mas agora estamos vendo outras aplicações mais amplas, como os cães para diabéticos, que alertam as pessoas para a hipoglicemia através da mudança de odor em seu hálito.

— E depois — continuou —, há também a melhora considerável já relatada em pacientes com paralisia cerebral, autismo e síndrome de Down depois do contato direto com golfinhos. O que há nessas criaturas em particular que pode gerar mudanças tão dramáticas? Foi comprovado que a consciência perceptiva dos golfinhos é, em alguns aspectos, bem superior à dos humanos. Além do mais, os cetáceos são os únicos mamíferos, além dos humanos, que demonstram um claro aprendizado vocal. Através de uma melhor compreensão dos poderes perceptivos e de comunicação dos golfinhos nós podemos desenvolver diferentes modalidades de tratamento para pacientes com paralisia cerebral.

Sukie, do grupo de ioga, não conseguiu se conter.

— Ouvi a história de uma mulher que teve a experiência de nadar com os golfinhos. Havia um que a cutucava o tempo todo na barriga, então, de repente, ele a jogou para o alto, e a mulher caiu de costas na água. Apesar de ter perdido o fôlego, estava bem. Mesmo assim, resolveram levá-la para a emergência do hospital por precaução. Quando a examinaram, descobriram um tumor em seu estômago, exatamente no local onde o golfinho a cutucava. Felizmente, havia tratamento.

O biólogo assentiu.

— Há tantas histórias, e, parte do meu trabalho está em recolher esses dados e investigá-los de maneira adequada. Como você está sugerindo, há muitos aspectos da senciência não humana que vão além da nossa compreensão atual, mas que podem ser extraordinariamente úteis.

— A precognição animal é bastante comprovada. — apontou o cientista — Desde os tempos mais remotos, as pessoas têm registrado o comportamento animal antes de um terremoto. Animais domésticos e selvagens ficam ansiosos ou temerosos, cachorros uivam, pássaros revoam. Um exemplo fascinante foi registrado por um biólogo ao estudar o comportamento dos sapos durante o acasalamento em San Rufino, no centro da Itália. Ele descobriu que o número de sapos machos numa colônia de reprodução caiu de noventa, para quase nenhum em apenas alguns dias. Em seguida, houve um terremoto de magnitude 6.4, seguido de vários tremores de terra. Os sapos só voltaram após dez dias. Parece que, com dias de antecedência, eles haviam detectado o que estava prestes a acontecer.

— Tremores de terra. Talvez porque os sapos têm patas especialmente sensíveis? — alguém sugeriu.

— Se fosse assim, você pensaria que os sismógrafos detectariam a mesma coisa — disse o cientista. — Talvez tivesse havido uma mudança sutil no campo elétrico que eles foram capazes de sentir. Mas, sabe, não são só os sapos que possuem essa habilidade. O grande tsunami que atingiu a Ásia em dezembro de 2004 foi previsto por muitas espécies. Houve relatos sobre os elefantes em Sri Lanka e em Sumatra que se deslocaram para terras mais altas muito antes das ondas chegarem, de búfalos que fizeram algo parecido. Donos de cachorros perceberam que seus cães não queriam se aproximar da praia para os seus passeios matinais de costume.

— Um sistema de alerta de tsunami poderia ser criado usando os animais — propôs Ludo.

— Eu já sugeri isso — o biólogo disse.

— E se a habilidade de prever terremotos não tiver nada a ver com sismógrafos e campos elétricos? — perguntou Bronnie. — E se for alguma consciência que os animais possuem?

— Quer dizer, como uma coisa de sobrevivência? — Ludo entrou na conversa.

O biólogo se virou para Bronnie:

— Você pode muito bem estar certa. Há evidências de que os animais possuem a habilidade de detectar coisas de um modo que algumas pessoas descreveriam como paranormal. Como o fenômeno dos cachorros que sabem a hora que seus donos estão chegando em casa.

— O senhor escreveu um livro sobre isso — observou Sam.

— Isso mesmo. Há pouquíssimas dúvidas de que alguns animais são capazes de detectar esse tipo de coisa, como a hora em que seus donos estão saindo do trabalho para ir para casa. Há circuitos internos de TV que mostram os cães se levantando e sentando perto da porta da frente, ou de uma janela, no momento exato em que seus donos saem do trabalho, não importa que hora seja. Em alguns casos, os cachorros ficam animados com a chegada iminente de alguém que estava fora de casa por dias ou semanas. Houve um oficial da marinha mercante que nunca dizia à esposa quando estaria de volta em casa, por receio de se atrasar, mas ela sempre sabia, porque o cachorro dizia.

— Sempre achei que os cães eram especiais — anunciou um participante do clube do livro.

Deitada na estante, meus pelos se eriçaram. Então me lembrei do meu sonho e eles já não se eriçaram tanto assim.

— Assim como há relatos de gatos que fazem a mesma coisa — disse o cientista —, há também uma história maravilhosa de um casal que foi velejar por vários meses e deixou o vizinho encarregado de alimentar o gato. Nem eles mesmos sabiam quando voltariam para casa. Mas, quando voltaram, encontraram pão fresco em cima da mesa e uma jarra de leite na geladeira esperando por eles. Os vizinhos os esperavam de volta, porque pela primeira vez desde que haviam partido, o gato deles havia saído e ficado no estacionamento em frente ao prédio, onde passou o dia inteiro olhando para o fim da rua.

Houve sorrisos ao redor da mesa.

— Alguém poderia argumentar que saber de onde vem sua próxima refeição é um elemento de sobrevivência importante — disse o cientista, olhando para Ludo. — Da mesma forma, há uma grande quantidade de dados que mostram que muitos animais, especialmente aqueles com maior risco de predadores, podem sentir quando estão sendo observados, o que pode ser criticamente importante para sua sobrevivência.

— Ele escreveu um livro sobre isso também — anunciou Sam.

O autor riu.

— Há outros elementos sobre a senciência dos animais que vão mais além. Vejamos, por exemplo, o trabalho da dra. Irene Pepperberg com um papagaio cinzento africano chamado Alex, descrito em um livro que não escrevi — ele sorriu para Sam —, mas que inspirou outros pesquisadores. Sabe-se que os papagaios têm a capacidade não só de aprender palavras, mas também de usá-las com sentido. Eles sabem a diferença entre vermelho e verde, quadrado e círculo, e assim por diante. Também entendem e podem comunicar a diferença entre presente e ausente.

Uma outra pesquisadora que tinha um papagaio-cinzento africano descobriu que o pássaro parecia perceber seus pensamentos. Uma vez, ela pegou o telefone para ligar para sua amiga Rob e o papagaio disse espontaneamente: "Oi, Rob!" Outra vez, ela estava olhando para a foto de um carro roxo, e o pássaro, que estava no segundo andar, disse: "Olha que roxo bonito." O mais intrigante foi quando a dona do pássaro teve um sonho em que usava um gravador de fita-cassete. O papagaio, que dormia perto dela, disse alto: "Você precisa apertar o botão", no momento em que ela estava fazendo isso em seu sonho. Ele a acordou!

— Lendo pensamentos? — perguntou Bronnie.

— O papagaio foi rigorosamente testado. Estou simplificando demais, mas as respostas do pássaro foram registradas enquanto ele tentava identificar as imagens que sua dona via na outra sala. As imagens eram de objetos como uma garrafa, uma flor, um livro, até mesmo um corpo nu. O pássaro acertou a imagem do corpo nu, a propósito. Em setenta e um ensaios ele acertou, em média, vinte e três vezes, muito mais que o acaso.

— O que tudo isso nos mostra — afirmou o biólogo — é que seres não humanos não apenas compartilham elementos de consciência conosco, mas também possuem habilidades perceptivas, que, em alguns casos, podem ser mais sutis que as nossas.

— Mais sofisticadas — alguém sugeriu.

— Isso é um juízo de valor — disse o biólogo com um sorriso. — Mas alguns concordam. Não podemos esquecer, contudo, que há muita coisa que não sabemos sobre a consciência humana.

Durante todo o tempo em que o biólogo falava, Lobsang escutou com atenção, uma presença tranquila em seu robe vermelho. Por fim, perguntou:

— É a consciência humana que o traz a McLeod Ganj?

O cientista assentiu.

— O budismo tem muito a ensinar ao mundo sobre a natureza da mente: o que é, o que não é e como as teorias criam divisões em nosso entendimento da consciência que, na verdade, não existem.

— A mente transcende o mundo dos pensamentos — disse Lobsang.

O biólogo olhou Lobsang com profundo reconhecimento.

— Exatamente. E essa verdade simples, mas profunda, é algo que os humanos acham difícil de entender.

Naquela noite, fui à aula de ioga com Serena. Nas últimas duas semanas, havia me tornado uma frequentadora assídua. Em vez de ficar sentada, sozinha em um apartamento vazio, preferia muito mais me empoleirar no banco de madeira na sala de prática, escutando Ludo e observando seus alunos trabalharem a sequência de *asanas* que se tornava cada vez mais familiar para mim. Gostava especialmente das discussões na varanda depois das aulas, quando eu me sentava próxima a Serena e sentia seu calor. Enquanto isso, ela e os outros se acomodavam no tapete e tomavam chá verde, e as montanhas encenavam seu próprio ritual noturno, com seus topos gelados lentamente aprofundando sua coloração, do branco para ouro polido e depois para o tom cereja, e o sol poente fazia sua própria saudação.

A aula dessa noite seguiu seu curso normal, os alunos trabalharam os *asanas* em pé, antes de se acomodarem em seus colchonetes para as torções sentadas. Vestindo calças largas e camiseta, Ludo caminhava descalço pela sala, fazendo um ajuste aqui, uma sugestão ali, enquanto observava atentamente a postura de cada um. Foi quando Ludo estava em pé, de costas para a varanda, instruindo os alunos sobre a posição de *Marichyasana III*, a Postura do Sábio, que eu percebi um movimento repentino.

Na sacada da varanda, atrás de Ludo, um grande rato apareceu vindo do nada e parou em cima da echarpe que Serena costumava deixar ali antes da aula.

Não vou fingir que a localização do rato me fez reagir daquele jeito, porém sabia o quanto aquela echarpe significava para Serena. Apesar de desbotada e muito usada, a echarpe amarela com flores de hibisco bordadas tinha um grande valor sentimental, pois era o único presente de seu pai que ela ainda possuía. Escutei a sua história sobre a noite em que recebera esse presente, na varanda de casa, quando tinha doze anos.

A visão indesejada de um roedor do lado de fora provocou um som que eu nem sabia ser capaz de emitir. Grave e forte, era o sinal de um presságio tão terrível que pude ver o frio nos olhos de Ludo ao olhar para mim, antes de se virar e olhar para fora. Quando o fez, o rato já tinha ido embora. Ludo foi até a varanda, parando por um momento antes de voltar rapidamente para dentro da sala.

— Por favor, todos vocês, levantem-se calmamente, recolham seus sapatos e saiam. Há um incêndio na casa ao lado!

Olhando para o indiano jovem e alto na segunda fila, Ludo perguntou:

— Sid, você poderia usar o extintor da varanda?

Sid assentiu.

— Vou pegar o outro na cozinha e voltar por trás.

Todos os outros se apressaram para colocar seus sapatos e sair da casa. Serena me pegou no caminho. Em instantes, nos juntamos ao grupo que estava do outro lado da rua, atordoado com o que estava acontecendo na casa ao lado.

As chamas saltavam da janela dianteira da casa. Uma fumaça escura subia pelo ar junto com o cheiro de óleo. As calhas já estavam em chamas. O espaço entre as calhas em fogo e as da casa de Ludo era muito estreito.

Segurando-me com uma das mãos, Serena usou a outra para ligar para o Corpo de Bombeiros de Dharamsala. Vários outros alunos correram para as casas vizinhas para ver o que poderia ser feito de lá. Outros se dispersaram à procura de mangueiras e baldes com água.

Do canto da varanda, Sid disparava o extintor de incêndio nas calhas da casa de Ludo, antes de se concentrar nas chamas que saíam da janela da cozinha da casa vizinha. Ludo saiu pela porta da frente da sua casa com um segundo extintor, exatamente na hora em que uma bola de fogo explodiu pelo teto da cozinha da casa ao lado. Ludo disparou uma rajada sobre o teto, desencadeando uma forte explosão de espuma, fazendo as chamas recuarem completamente, para explodirem, instantes depois, a uma curta distância.

Sukie e Merrilee apareceram, carregando o final de uma mangueira de jardim de uma casa ao longo da rua.

— Não se aproximem da cozinha! — Ludo gritou por cima do ombro. — Provavelmente é o óleo que está pegando fogo. Usem a mangueira para umedecer as paredes da casa!

A mulher e os seus três filhos que moravam ali se encolhiam, desamparados, no meio-fio. Com permissão dela, Ludo entrou na casa, procurando o foco do incêndio. As janelas estavam com um tom de laranja flamejante. Depois das duas rajadas do extintor, o laranja se transformou em preto.

Da varanda, um Sid sujo de fumaça lutava contra o fogo nas calhas. As chamas reluziam perigosamente perto do telhado da casa de Ludo, e, por mais que ele disparasse o extintor, reapareciam.

Quanto mais ele lutava, mais fraca ficava a rajada do extintor. Até parar por completo. As chamas subiram, ganhando terreno pelas calhas da casa ao lado, pulando facilmente para a casa de Ludo. Gritos de alerta vinham do grupo do lado de fora.

Disseram a Serena que os bombeiros chegariam em vinte minutos. Mas até lá a casa de Ludo e a sala de prática já estariam completamente tomadas pelas chamas.

Sid desapareceu da varanda, reaparecendo depois pela porta da frente.

— Precisamos de mais extintores! — gritou, olhando rua abaixo.

— Os outros estão pedindo para os vizinhos — respondeu Serena. — Duas pessoas estão indo para a loja de ferragens.

Depois de uma explosão ensurdecedora na casa ao lado, as bolas de fogo que surgiram das janelas da cozinha subiram pela casa de Ludo.

Os esforços de Ludo pareciam estar fracassando também. Ele saiu pela porta da frente, balançando o extintor.

— Vazio! — ele gritou, atravessando a rua rapidamente.

Por um momento, Ludo e Sid ficaram em pé, olhando o fogo.

Tinha se firmado nas calhas e no telhado da casa ao lado e espalhara-se para a varanda de Ludo. Os alunos jogavam água nas paredes das duas casas, lutando em vão contra o fogo. Em pouco tempo, todo o telhado da casa vizinha estava em chamas, e a casa de Ludo seria a próxima.

Uma multidão de curiosos havia se formado, vizinhos e transeuntes estavam atordoados, ansiosos e hipnotizados pela conflagração. Parecia haver passado anos quando, na verdade, alguns minutos depois apareceu um antigo Mercedes branco, rasgando a rua em nossa direção, parando bruscamente em frente à casa em chamas. Antes de o carro parar completamente, homens com uniformes brancos impecáveis e quepes vermelhos saíram pelas duas portas traseiras. Seguravam extintores significativamente maiores que os dois usados por Ludo e Sid.

Uma figura conhecida saiu pela porta do motorista usando uma jaqueta escura e um boné cinza. Era ninguém menos que o próprio Marajá. Sid e Ludo correram para o seu lado. Ele estava abrindo o porta-malas do carro, de onde tirou mais dois grandes extintores. Reabastecido, Ludo levou a equipe para dentro da casa vizinha, enquanto Sid e o Marajá entravam na casa de Ludo. Dois alunos pegaram os extintores restantes e os seguiram.

Em menos de um minuto, tudo o que restou do incêndio foram rios espumosos de líquido negro, que escorriam pelos lados das duas casas até a rua, e o cheiro acre de fumaça e gases químicos. À distância podíamos ouvir as sirenes, enquanto o corpo de bombeiros se aproximava.

※

Depois que o Marajá e seus dois assistentes foram embora, o corpo de bombeiros avaliou os danos. Várias pilastras haviam sido gravemente queimadas e, até que fossem substituídas, a varanda não estaria segura. O mobiliário tinha deslizado para o lado, onde o chão parecia estar prestes a ceder. Olhando ao redor do prédio que havia sido sua casa e seu estúdio de ioga por tantas décadas, Ludo parecia aliviado por não ter sido completamente destruído. Apesar dos danos, disse que poderia ter sido muito, muito pior.

— Se não fosse o Marajá — observou Serena, ajustando sua echarpe favorita em volta dos ombros —, quem sabe como as coisas poderiam terminar?

As pessoas murmuraram, concordando. Ludo e Sid trocaram um olhar significativo.

Os alunos entraram no prédio, se juntando como em noites passadas, só que, dessa vez, do lado de dentro.

Serena havia feito um pedido para o Café & Livraria do Himalaia, e grandes embalagens de pizza passavam por entre os presentes, junto com uma garrafa de vinho tinto para acalmar os nervos.

— O que estou tentando entender — refletiu Sukie — é como o Marajá ficou sabendo do incêndio.

— Talvez alguém tenha ligado para ele — sugeriu Ewing.

— Dizem que ele se preocupa muito com a comunidade — alguém disse.

— Escutei isso também — concordou Serena. — E parece que caminha por essa rua à noite. Talvez ele próprio tenha visto o fogo.

— Seja como for, não sei como serei capaz de agradecê-lo por ter salvado a minha casa — disse Ludo.

— Ele não quis ficar para uma taça de vinho? — perguntou Merrilee, com sua voz de fumante, reabastecendo sua própria taça.

— Provavelmente não bebe — disse Sid. — Ele é muito reservado. Não gosta de tumulto.

— Vou ter de marcar um encontro para agradecê-lo pessoalmente — propôs Ludo.

— Muito melhor — concordou Sid. — Mas acho que você está esquecendo a *verdadeira* heroína da noite, sem a qual o fogo iria ter feito um estrago muito maior, antes que alguém soubesse o que estava acontecendo.

Houve uma pausa antes que todos olhassem para mim.

— Swami!

— Você está certo — disse Ludo, levantando de sua cadeira e se aproximando de onde eu estava sentada ao lado de Serena. Parecia fazer uma reverência quando se ajoelhou no tapete à minha frente.

— Acho que nunca vou esquecer o som que você fez — disse, enquanto me acariciava com gratidão.

— De arrepiar — comentou Merrilee, estremecendo.

— Chegou a me dar calafrios — disse Sukie.

— A gente fica imaginando como eles sabem — refletiu Carlos, ajustando sua marca registrada, a bandana.

— Ah, essa gata sabe mais do que nós podemos imaginar — disse Ludo. — Muito mais do que nós reconhecemos.

Um momento se passou antes de Serena dizer:

— Como discutíamos mais cedo no Café.

Ludo, Sid, e vários outros assentiram, concordando.

Para o benefício dos que não estavam presentes no almoço, Serena repetiu o que o eminente biólogo dissera sobre a consciência dos animais:

— Ele nos disse que os animais possuem a habilidade de perceber certas coisas que são imperceptíveis aos humanos.

Aparentemente, somos senscientes de maneira que a maioria das pessoas nunca se dá conta.

— Uma vez ouvi uma história sobre um porquinho de estimação — disse Ewing — que acordou seus donos ao puxar suas cobertas uma noite. A casa estava pegando fogo enquanto estavam dormindo. Eles acreditam que o porquinho tenha salvado suas vidas.

— Exatamente como a Swami nos ajudou a salvar o estúdio e a minha casa — observou Ludo.

— Você acha que ela percebeu o cheiro do fogo? — perguntou um Iogue chamado Jordan.

— Cheiro?

— Ou talvez tenha visto a fumaça — sugeriu alguém.

— Sexto sentido — disse Carlos, oferecendo uma explicação mais lisonjeira.

Lembrei-me do imenso rato que apareceu do nada e do meu choque ao vê-lo, seguido do uivo involuntário que sua aparição provocou.

— Ela certamente soube como nos alertar! — disse Merrilee.

Ludo olhou para mim com uma expressão de gratidão:

— Por isso, Swami será sempre uma convidada de honra em nosso estúdio.

Foi somente mais tarde, quando estávamos deixando a casa e as pessoas colocavam seus sapatos no corredor, que Merrilee reparou na echarpe de Serena.

— Você teve sorte — disse, segurando a ponta da echarpe entre o polegar e o dedo indicador. — Você normalmente deixa isso...

— Na varanda — completou Serena. — Teria virado fumaça.

— Mas não esta noite?

— Isso que é estranho. Poderia ter jurado que eu a tinha colocado lá fora. Mas, aparentemente, estava aqui, na minha bolsa, o tempo todo.

— Você não acha...? — Merrilee começou a dizer.

— Aqui está ela! — exclamou Sid, acariciando meu rosto com as pontas macias de seus dedos, enquanto Serena me segurava no colo. — Um ser muito especial.

O que me fazia sentir tão próxima daquele indiano alto de olhos brilhantes?

— Aquela — continuou — que sabe muito e diz pouco.

Olhei para Sid, lembrando-me do rato sobre a echarpe. Se *eu* sabia muito e dizia pouco, o que poderíamos dizer dele?

Mais tarde, naquela noite, enrosquei-me no cobertor de lã que Sua Santidade colocava em sua cama exclusivamente para meu uso. Enquanto pairava em um estado leve e sonolento, entre a vigília e o sono, imagens do sonho da noite passada e do incêndio dessa noite apareciam em minha mente, e pensei sobre o que o biólogo dissera sobre a senciência dos animais. Ocorreu-me que um dos fatos mais óbvios e negligenciados sobre a felicidade é que todos nós *sem chens* — humanos, felinos, até ratos — somos iguais em nosso desejo de alcançá-la. Se cada um de nós tivesse sido algum outro tipo de *sem chen* em uma vida anterior, e pudesse ser novamente no futuro, então a felicidade de todos os seres viventes, seja qual fosse a espécie, seria o único objetivo que valeria a pena.

Capítulo 8

Minha exploração na arte de ronronar havia tomado rumos mais intrigantes do que eu algum dia poderia imaginar. Mas, querido leitor, apesar da sabedoria que tinha adquirido nas últimas semanas havia uma questão bastante básica sobre a felicidade que ainda me incomodava: como é possível eu sair por aí, cuidando da minha própria vida, quando, de repente, sem nenhuma razão, uma sensação de descontentamento se apodera de mim? Uma manhã produtiva de meditação, limpeza íntima e um recital de violoncelo — como nós, gatos, nos referimos àquela parte mais íntima da nossa higiene — poderia inexplicavelmente se tornar fria e sombria. Ou uma tarde lá no Café & Livraria do Himalaia, que começasse com a maravilhosa e promissora chegada de um prato de trutas marinhas escaldadas, de repente poderia esboçar um desfecho letárgico e queixoso. Nada em especial precisaria ter acontecido para causar essa mudança de humor. Se eu tivesse sido enxotada do parapeito, se alguma criança levada tivesse puxado o meu rabo, ou se eu tivesse sido acordada com um cutucão para tirar uma foto forçada — é o preço da fama —, minha impertinência seria perfeitamente compreensível.

Mas, não era esse o caso. E ainda não é.

A sabedoria que recebera, sentada no colo do Dalai Lama, tinha me tornado muito mais consciente do que se passava pela minha mente e muito menos propensa a esses altos e baixos invisíveis. Mesmo assim, não tinha como negar que sentimentos bons e calorosos poderiam sutilmente dar lugar a um humor mais sombrio. E então, em uma manhã, sem nenhum esforço da minha parte, a verdade foi revelada em toda sua perfeita clareza.

Começou quando Tenzin se aproximou de onde eu estava, esparramada em cima do arquivo de madeira.

— Você pode estar interessada em saber, GSS, que sua pessoa favorita no mundo todo está chegando esta manhã.

O Dalai Lama? Pelas minhas contas, ainda faltavam nove dormidas — sem contar as sonecas de gato.

— Em duas semanas, Sua Santidade estará de volta entre nós — continuou Tenzin. — Assim que ele voltar, terá uma agenda *bem* cheia. Muitos convidados para receber. Razão pela qual nossa *chef* VIP está vindo para organizar o estoque. Ela quer tudo na mais perfeita ordem antes da Sua chegada.

A senhora Trinci estava a caminho! A rainha da cozinha de Jokhang e minha benfeitora mais generosa!

Enquanto Tenzin acariciava minha bochecha, mordisquei seu indicador, segurando-o por alguns instantes, antes de lamber os traços carbólicos.

Tenzin deu uma risada.

— Ah, Pequena Leoa da Neve, você é muito engraçada. Mas a senhora Trinci não vai cozinhar nada hoje, então não espere receber nenhum agrado na cozinha.

Meu olhar azul mais imperioso cruzou com sua expressão de cautela. Para um diplomata experiente, Tenzin conseguia ser bastante obtuso. Ele realmente acha que a senhora Trinci poderia resistir a mim, ainda mais depois de uma ausência tão grande? Bastavam os meus doces olhos azuis. Talvez uma enroscada de cauda por entre suas pernas. No máximo, um miado suplicante, e a *chef* VIP de Jokhang estaria esquentando um mimo para o meu deleite, mais rápido do que você consegue dizer "picadinho de fígado de galinha".

Com o balanço dos meus passos reconhecidamente irregulares, em pouco tempo estava me dirigindo para o andar inferior.

Cheguei na cozinha e encontrei a senhora Trinci com seu avental de costume, segurando uma prancheta e uma caneta, ditando os itens da lista, enquanto Lobsang e Serena respondiam da câmara frigorífica e da despensa, respectivamente:

— Dez litros de iogurte grego natural?

— Sim — respondeu Lobsang.

— Vencem quando?

— Final do mês que vem.

— Todos?

Houve uma pausa.

— Sim.

— Ameixas sem caroço? Deve ter quatro latas grandes.

— Só tem três — respondeu Serena.

— *Oh, porca miseria*! Que droga! Agora eu me lembro. Uma delas enferrujou. Tivemos de jogar fora.

Percebendo um movimento no canto do seu olho, ela se virou para me ver chegar, cambaleando em sua direção.

— *Dolce Mio*! — Em um instante, seu tom de voz se alterou para uma adoração tão efusiva que até eu achei difícil de acreditar que era a razão daquilo.

— Como está minha pequena *bella*, minha lindinha? — Ela me pegou no colo, me encheu de beijos e me colocou em cima do balcão. — Senti tanto a sua falta! Você sentiu saudades de mim?

Quando passou os dedos cheios de anéis em meu pelo espesso, ronronei de satisfação. Tive certeza de que aquele foi um prelúdio maravilhoso e familiar de uma experiência ainda mais deliciosa.

— Terminamos aqui? — Lobsang gritou da câmara frigorífica.

— Por ora, sim — respondeu a senhora Trinci distraidamente.

— Pausa para o chá!

Mergulhando uma das mãos em sua bolsa, ela retirou um pote plástico e abriu a tampa.

— Guardei um pouquinho do *goulash* de ontem à noite para você — disse, olhando para mim. — Esquentei antes de vir. Espero que esteja à altura do seu paladar refinado.

O *goulash* húngaro da senhora Trinci estava deliciosamente suculento e o molho tão sublime que fazia formigarem os meus bigodes.

— Ah, *tesorino*, meu pequeno tesouro! — ela exclamou, enquanto me estudava de perto, através de seus olhos cor de âmbar maquiados com rímel.

Abaixei-me para devorar o *goulash* com satisfação barulhenta.

— Você é realmente — ela pronunciou sem fôlego — a Criatura Mais Bela Que Já Existiu.

Um pouco mais tarde, a senhora Trinci estava sentada com Serena e Lobsang nos bancos da cozinha, tomando chá e beliscando as lascas de coco que ela trouxera.

— Obrigado, senhora Trinci — disse Lobsang, segurando a lasca de coco que estava comendo, com um largo sorriso. — Que bom que a senhora lembrou.

O coco fatiado da senhora Trinci era uma de suas coisas favoritas da infância.

Todos riram.

— Como nos velhos tempos — disse Serena.

— Ah, sim — a senhora Trinci suspirou alegremente. — Quando foi a última vez que nós três trabalhamos juntos aqui? Faz uns doze anos?

Depois de uma pausa, Lobsang disse:

— Acho que quatorze.

— Quem poderia imaginar que meus dois ajudantes de cozinha iriam se sair tão bem na vida, hein? O tradutor do Dalai Lama. A *chef* europeia de alto nível. Tudo muda.

— Impermanência — concordou Lobsang.

— Bem, *nem tudo* mudou — disse Serena. — Estamos todos um pouco mais velhos; vimos um pouco do mundo. Mas, ainda somos as mesmas pessoas. Principalmente com relação às coisas importantes. — Ela olhou para Lobsang. — Isso não mudou.

Lobsang ficou pensativo por alguns instantes, antes de responder.

— Verdade. Ainda acho que as lascas de coco da sua mãe são melhores que todos os confeitos.

Enquanto riam, ele percebeu um brilho nos olhos de Serena.

— Por exemplo — disse.

— Por exemplo — ela repetiu.

— Suponho que por isso é tão difícil — sua expressão tornou-se séria de repente — mudar a direção que nos programamos a seguir. — A aura de tranquilidade que geralmente emanava de Lobsang tinha sido substituída pela incerteza.

A senhora Trinci lançou um olhar significativo para Serena. As duas evidentemente já haviam discutido qualquer que fosse o assunto ao qual Lobsang se referia. Incapaz de lidar com a sua mudança de humor, a senhora Trinci se levantou do seu banquinho, foi até onde ele estava e, com um chacoalhar de pulseiras, o envolveu em seus braços.

— Claro, esses são tempos difíceis para você, meu querido Lobsang — ela disse. — Mas quero que saiba que, seja qual for a decisão que tomar, terá sempre o meu apoio!

Apenas alguns instantes depois houve uma batida educada à porta, e então o Lama Tsering entrou. Alto, magro e de expressão extremamente austera, Lama Tsering era o disciplinador do Mosteiro de Namgyal — o responsável por supervisionar o comportamento dos monges nos serviços do templo e enquanto eles estivessem envolvidos com outras práticas.

Assim que o Lama apareceu, Lobsang ficou de pé, largou sua caneca e juntou as mãos diante do coração.

Lama Tsering fez uma reverência.

— Bom dia para vocês.

— Bom dia, Lama! — A senhora Trinci parecia perturbada com sua presença.

— Tenzin me disse que a senhora estaria aqui hoje — disse ele, olhando para ela com uma expressão séria. — Vim pedir um conselho.

— *Meu* conselho? — A senhora Trinci deu um sorriso nervoso.

— Sobre nutrição — ele continuou.

— *Mamma Mia*! Pensei que tivesse feito algo errado!

Lama Tsering inclinou a cabeça e, com a mais ínfima pitada de humor no canto da boca, perguntou:

— Por que a senhora pensaria isso?

A senhora Trinci balançou a cabeça vigorosamente, antes de passar para ele a bandeja com as lascas de coco.

— Coma uma — ofereceu. — Chá?

Lama Tsering estudou a bandeja.

— Parece muito bom — ele observou. — Mas, primeiro, preciso saber uma coisa.

Tirando um pequeno caderno do bolso de seu robe, abriu na página em que estava tomando notas.

— Isso — o Lama consultou suas anotações — é de baixo índice glicêmico? É baixo?

— Bem baixo — assegurou ela.

— Mãe! — Serena a repreendeu, enquanto Lama Tsering pegava uma fatia.

A senhora Trinci encolheu os ombros:

— Tudo é relativo!

Lama Tsering deu uma mordida para experimentar, antes de observar:

— Talvez moderadamente baixo, então?

— Para extremamente alto — sugeriu Serena, antes de todos, inclusive Lama Tsering, desatarem a rir.

— Por que o interesse em índice glicêmico? — a senhora Trinci perguntou ao Lama, após um momento.

— Como disciplinador do mosteiro — ele respondeu —, é meu dever assegurar que todos os monges estejam praticando bem, exercitando o autocontrole e, acima de tudo, estejam felizes. — Ele deu palmadinhas em seu coração. — Mas só descobri recentemente como a nutrição é importante para isso.

— Uma dieta balanceada — comentou Serena.

— Glicose, principalmente — Lama Tsering disse com tanta autoridade que era evidente que havia estudado a respeito, assim como também era evidente para Lama Tsering que nós nunca havíamos sequer pensado a respeito disso.

— Nossos monges precisam de duas coisas para desfrutar a realização e o sucesso: inteligência e autocontrole. Dos dois, não existe método conhecido para aumentar a inteligência. Mas o autocontrole — força de vontade — é diferente. Até mesmo no Ocidente, cientistas estão descobrindo a importância da inteligência emocional.

Lobsang assentiu. Ele conhecia bastante o trabalho de Daniel Goleman, que havia passado muito tempo com Sua Santidade e cujos livros sobre inteligência emocional eram conhecidos no mundo todo.

— O experimento dos marshmallows na Universidade de Stanford — disse Lobsang.

— Um preditivo de sucesso extremamente eficaz — confirmou Lama Tsering. Então, vendo a expressão de perplexidade nos semblantes da senhora Trinci e de Serena, ele continuou: — Na década de 1960, crianças bem jovens foram uma de cada vez colocadas em um cômodo e pesquisadores fizeram um acordo com elas. A cada criança foi dado um *marshmallow* e dito que poderiam comê-los logo se quisessem. Mas, se esperassem até que os pesquisadores voltassem, depois de saírem do cômodo por um breve período, elas poderiam ganhar mais um marshmallow. Os pesquisadores deixaram o cômodo por quinze minutos. Algumas crianças comeram o doce imediatamente, outras foram capazes de se conter e ganharam dois marshmallows. As crianças que apresentaram maior autocontrole, tiveram, ao longo da vida, notas mais altas, menos problemas com álcool e drogas e melhor condição financeira. Os cientistas mostraram que autocontrole é um melhor indicador de sucesso que a inteligência.

— Ai, ai — murmurou a senhora Trinci. — Eu teria comido o marshmallow na mesma hora!

Lama Tsering ignorou o comentário.

— A mesma coisa foi observada por muitos anos com nossos monges. Nem sempre é o mais inteligente que adquire a realização. Mas aqueles que estão dispostos a se aplicar.

— E como a glicose afeta isso? — perguntou Serena.

— Aprendi recentemente que um dos principais fatores que afetam a força de vontade é a quantidade de açúcar que temos em nosso organismo — Lama Tsering disse. — Baixos níveis de glicose acarretam uma baixa autorregulamentação, menos habilidade de controlar os pensamentos, as emoções, os impulsos e o comportamento. Ao passar longos períodos sem comer, a maioria das pessoas fica estressada e não consegue pensar claramente.

— Sim, já ouvi falar sobre isso — Lobsang disse, animado com a lembrança. — Um estudo sobre a concessão da liberdade condicional de alguns prisioneiros.

A senhora Trinci e Serena olharam para ele com interesse.

— No final — Lobsang contou —, não tinha nada a ver com o tipo de crime que eles haviam cometido, com seu comportamento na cadeia, sua raça, ou qualquer outra variável de que possamos suspeitar. Tinha a ver com a hora do dia em que eles apareciam diante do conselho de liberdade condicional e do cansaço ou da fome que os membros do conselho sentiam. Quanto mais perto do café da manhã ou do almoço, era maior a probabilidade de os prisioneiros conseguirem a liberdade condicional. Mas à medida em que a manhã ou a tarde passava, e os membros do conselho iam ficando mais cansados ou com mais fome ficavam mais propensos a negar o direito aos prisioneiros.

— Este exemplo é muito bom — Lama Tsering disse, tomando nota. — E acho que todos nós já o vivenciamos. Quando estamos cansados, ou com fome, tudo se transforma em um esforço enorme.

— Que é exatamente a razão pela qual estamos apreciando essas lascas de coco. — A senhora Trinci entrou na conversa. — E também porque eu sempre faço questão de que a Pequena Leoa da Neve de Sua Santidade nunca sofra de... — ela parou, à procura do termo certo.

— Fadiga da decisão? — sugeriu Lobsang.

Contanto que minha barriga estivesse cheia de *goulash*, ele poderia fazer quantas piadas quisesse ao meu respeito, pensei, lambendo os últimos vestígios do rico molho na tigela.

— Então, senhora Trinci — Lama Tsering disse, balançando um feixe de folhas na mão direita. — Tenho aqui comigo o menu oficial das cozinhas do mosteiro. Gostaria do seu conselho para melhorá-lo.

— Para fazer a comida com baixo índice glicêmico? — ela perguntou.

— Exatamente.

— Precisamos dar prioridade aos alimentos de cozimento lento — disse ela, estendendo a mão para pegar os papéis. — Grãos, legumes, verduras, frutas frescas, queijo, óleo e outras gorduras boas. Alimentos que levam a um melhor equilíbrio do açúcar no sangue. — Examinando a lista, ela começou a balançar a cabeça. — Arroz branco? Pão branco? Todo dia? Não, não, isso é demais!

Lama Tsering a observava com ar de aprovação enquanto examinava a lista.

— Será interessante observar a diferença que algumas mudanças simples na cozinha podem fazer.

Novos itens no menu do Café & Livraria do Himalaia também estavam sendo entusiasticamente discutidos. Sobretudo a nova oportunidade que se apresentava desde o banquete indiano inaugural de Serena.

Com a proximidade da data do segundo banquete, o fluxo de reservas era constante, de moradores locais que haviam participado do primeiro banquete a amigos que ouviram seus elogios, e também dos gerentes de hotéis cujos hóspedes poderiam ter a garantia de uma noite memorável. Sem a necessidade de nada mais que um cartaz na janela, uma semana antes do segundo banquete indiano as reservas já haviam se esgotado. Além disso, alguns dos que haviam participado do primeiro banquete pediram para Serena, como favor especial, a receita de seus pratos favoritos. Para alguns, havia sido as *pakoras* de legumes. Para outros, peixe de Malabar ao curry. Sempre generosa, Serena doou alegremente as receitas que ela e os irmãos Dragpa haviam passado tanto tempo refinando, ajustando e aperfeiçoando.

Mas não adiantou.

Helen Cartwright, amiga de escola de Serena, foi a primeira a reclamar. Ela e Serena estavam tomando um cappuccino no meio de uma manhã, mais ou menos uma semana após Serena ter dado a ela a receita de frango com manga. Da estante de revistas, escutei Helen dizendo que tinha decidido prepará-la como um presente especial para a família, só que acabou sendo uma imitação sem graça do triunfo gastronômico de Serena.

Será que ela havia seguido as instruções passo a passo, quis saber uma Serena confusa. O frango tinha sido marinado? E por quanto tempo? Somente após algumas conversas identificou o verdadeiro motivo do descontentamento de Helen.

Aquela conversa foi seguida de uma outra muito parecida alguns dias depois. Merrilee, da aula de ioga, havia tentado preparar a receita de Serena de *rogan josh*[10] com resultados igualmente insossos.

Nessa ocasião, Serena foi diretamente ao âmago da questão. Merrilee incluíra todas as especiarias da lista? Be-e-em, a maioria deles, Merrilee disse a ela. Em alguns casos, quando não tinha a especiaria correta — afinal, havia tantas — Merrilee tentara um substituto.

Será que as especiarias estavam frescas, Serena quis saber.

---

10   Cordeiro com iogurte. (N. T.)

Merrilee foi forçada a confessar que pelo menos uma das especiarias estava em sua prateleira de temperos há quase dez anos. Talvez mais.

Depois de Serena apontar a razão óbvia do seu insucesso culinário, Merrilee pareceu envergonhada por um momento, antes de propor — só um pouco de brincadeira — que Serena desse a ela não só a receita, mas também a mistura correta de ingredientes frescos. Dessa forma ela seria um sucesso garantido na cozinha.

Uma pessoa menos compassiva poderia ter ignorado esse pedido sem pensar duas vezes. Mas, ao lembrar do desapontamento de suas amigas e da improbabilidade de terem fácil acesso à variedade de especiarias frescas de qualidade que ela mantinha na despensa, Serena decidiu ceder. A seu pedido, os irmãos Dragpa fizeram sachês com uma mistura de especiarias para as receitas de frango com manga e de *rogan josh*. Serena deu um para Helen e outro para Merrilee.

Ela não precisou esperar muito pela resposta. Dentro de poucos dias, elas retornaram extasiadas com as deliciosas refeições e os elogios de suas famílias e amigos. Ambas também confessaram a sensação indigna do louvor que tiveram. Helen resumiu assim:

— Na verdade, eu não *fiz* nada. Qualquer um consegue salpicar temperos em um pedaço de frango para colocá-lo na grelha meia hora depois. São as especiarias que fazem o prato.

Foi Merrilee quem sugeriu um ângulo mais comercial.

— Por que você não vende as misturas de tempero? — propôs. — Eu seria sua primeira cliente.

Serena acatou sua sugestão, combinando sachês de especiarias com arroz e grãos, para que a única coisa a comprar fosse o legume fresco, ou a carne. Usando seu computador, Sam criou e imprimiu a receita em um papel cor de âmbar com o logo do Café & Livraria do Himalaia.

Em pouco tempo, os sachês de especiarias estavam voando porta afora para os amigos de Serena, os clientes assíduos do Café e os alunos do estúdio de Ioga. Quando a notícia se espalhou, a pequena vitrine teve de ser substituída por outra maior. No dia seguinte em que Sam avisou a todos presentes no primeiro banquete indiano sobre os sachês de especiarias, os pedidos chegaram a ultrapassar o estoque em dez vezes. Havia até pedidos de longe, como de Seul, Cracóvia, Miami e Praga, de viajantes que comeram no Café durante suas visitas a Dharamsala. As pessoas estavam dispostas a pagar pela conveniência de poder fazer uma refeição surpreendente com pouco esforço e tempo de preparo.

Depois da primeira onda de entusiasmo, o interesse nos sachês de especiarias não mostrava sinais de que iria diminuir. Os resultados deliciosos que proporcionavam garantiam que as pessoas comprassem um sachê depois do outro. Vários até. De todos os sabores. Longe de ser apenas uma moda passageira, os sachês de especiarias cresceram em popularidade na medida em que, a cada semana, novos clientes apareciam no Café ou através de novos pedidos online.

Foi em um dos tradicionais rituais de chocolate quente do fim do dia que Sam fez sua extraordinária revelação:

— Como estão indo as coisas com Bhadrak? — Sobrinho adolescente dos *chefs*, Bhadrak fora contratado para trabalhar meio expediente com o único objetivo de confeccionar os sachês, sob os vigilantes olhares de seus tios, quando a tarefa ficou extensa demais para que os dois pudessem dar conta dela.

— Parece que está indo bem — disse Serena. — Ele é lento, muito lento, mas meticuloso. Prefiro assim a o contrário.

— Controle de qualidade — concordou Sam.

— Seus tios colocaram o temor dos deuses nele sobre esse assunto — disse Serena.

— Qual deus, especificamente? — Sam perguntou.

— Todos! — exclamou Serena, rindo. Embora tenha crescido na Índia, ela ainda achava a variedade de divindades bastante desconcertante.

— Estava me divertindo com uma planilha... — Sam apontou para umas folhas em cima da mesa entre eles.

— Essa frase é *tão* você!

— Sério! Acho que até *você* vai achar interessante — protestou ele. — Durante a última semana, descobri uma nova tendência de sachês de especiarias. Fazendo uma retrospectiva, suponho que isso fosse previsível, mas me surpreendeu.

Serena ergueu as sobrancelhas.

— Clientes por referência. E não estou falando só dos moradores locais. Nós temos atendido pedidos de amigos das pessoas que visitaram o Café. Um dos casos é uma delicatessen em Portland, no estado do Oregon, que encomendou vinte sachês de todos os tipos.

— Bhadrak vai ficar *muito* ocupado — disse Serena.

Sam percebeu que Serena ainda não via o que estava tão claro para ele.

— Acho que pode ir mais longe que isso. Todo esse interesse depois de um simples banquete indiano, e sem promoção online. Nós nem temos os sachês de especiarias entre os produtos listados em nosso site.

— Provavelmente é só fogo de palha — disse Serena, dando de ombros. — Em alguns meses a novidade vai passar e aí...

— Ou pode acontecer o contrário. — O novo, ousado Sam não tinha dificuldades em verbalizar um contra-argumento. — O segundo banquete poderia aproveitar o impulso do primeiro. Você poderia incluir um sachê de especiarias para cada prato, o primeiro é de graça. Mais pessoas ainda iriam experimentar e comprar. — Pegando os papéis de cima da mesa, ele tirou uma folha de projeções e a entregou para Serena. — Veja o que acontece se as vendas seguirem o mesmo padrão de depois do primeiro banquete.

— O que é isto aqui à esquerda? — Serena perguntou, apontando para um dos gráficos.

— Vendas em dólares americanos.

Serena pareceu surpresa

— E o vermelho? — Ela indicou uma linha que subia bruscamente.

— Isso é baseado em uma projeção conservadora do que irá acontecer se nós promovermos os sachês para todas as pessoas no banco de dados.

— Incrível! — Os olhos de Serena se arregalaram.

— Ainda nem fiz a fatoração em outras coisas que podem acontecer. Tipo, se você fosse fazer alguma propaganda.

Promoção online. Talvez repetir o pedido daquela loja em Portland, ou outras iguais.

Serena endireitou-se no sofá.

— Esses números...

Ela balançava a cabeça com espanto.

— Agora você consegue entender por que eu disse que era divertido? — brincou Sam.

Serena assentiu, sorrindo.

— Mais que divertido — ele emendou. — O grande lance disso é que nos leva a multiplicar os negócios. Os turistas vêm visitar o Café duas ou três vezes, no máximo. Eles podem comprar uns livros ou uns presentes, e só. Mas o que você criou dá a eles a oportunidade de, literalmente, sentirem o sabor de suas férias repetidamente.

— Mantém o relacionamento em dia — acrescentou Serena.

— Exatamente! — Os olhos de Sam brilhavam. — E mais do que isso. Olha só os números.

— Estou vendo. Com esse volume todo, precisaríamos de muito mais que um Bhadrak trabalhando meio expediente e algumas visitas ao mercado. Eu precisaria encontrar uma fonte para garantir o nosso suprimento de especiarias.

— Problemas que vale a pena resolver — disse Sam, apressando-a para que virasse a última página, que mostrava a receita do Café e da livraria, mais a receita projetada dos sachês de especiarias. — Olha a última linha.

— Uau! — Ela olhou os números.

Depois de uma pausa, Sam disse:

— É um outro tipo de negócio, Serena.

Ambos estudaram os números por um longo tempo, Serena brilhava diante das possibilidades. Então, sua expressão se tornou séria.

— Franc disse alguma coisa sobre a contabilidade? — ela perguntou.

A pergunta tinha mais significado do que parecia.

Por causa de tudo que Franc estava passando por conta da morte de seu pai, Serena e Sam decidiram não fazer muito alarde sobre o primeiro banquete indiano. Mas eles mostraram a receita do banquete como se fosse um item separado nas contas que mandavam para Franc todo mês, junto com uma breve explicação de cada um. A linha separada para o banquete mostrava um registro de retirada alta em uma noite em que o Café geralmente estava fechado. Então eles perguntaram para ele: *Gostou?*

Vendo a expressão de Serena, Sam negou com a cabeça.

— Até sabermos...

Sam juntou os papéis e os colocou em uma pilha sobre a mesa.

— Acho que sim — disse ele.

Por algum tempo, os dois permaneceram sentados, acariciando seus amigos *sem chen*, os cachorros, que rolavam suas cabeças nas almofadas com prazer, e eu, que demonstrava meu contentamento com um ronronar suave.

— Falando em comida — Serena refletiu depois de algum tempo —, escutei coisas interessantes hoje sobre nutrição e autocontrole.

Ela descreveu a visita do disciplinador do Mosteiro de Namgyal.

— Eu me pergunto se também é assim com esses pequeninos — disse, olhando para mim e para os cachorros. — Acho que a nutrição pode ter um efeito sobre o que sentem em um momento específico do dia.

Sam olhou para cima momentaneamente, procurando algo em sua memória enciclopédica.

— Eu me lembro de ter lido em algum lugar que a dieta ideal para um gato adulto é de quatorze porções do tamanho de um camundongo por dia.

— Quatorze?! — exclamou Serena.

Sam encolheu os ombros.

— Se você tirar ossos e pelo, um camundongo médio não é muito calórico.

— Acho que não — Serena ponderou.

— Provavelmente há paralelos com a nutrição humana. Todos os animais precisam do equilíbrio certo de água, proteínas e vitaminas.

— Incrível pensar em como o que comemos afeta o nosso humor — Serena refletiu.

— A felicidade é uma reação química — disse Sam.

Serena pareceu duvidar.

— Talvez não exclusivamente. Mas a química tem de estar lá.

— É um fator.

— Um fator *importante* — ela completou.

— Ah, pequena *Rinpoche* — disse ela, inclinando-se para a frente para beijar minha cabeça efusivamente —, só espero que você seja uma pequena Leoa da Neve quimicamente contente!

"Sim", pensei. Depois de uma porção do tamanho de um camundongo de leite zero lactose, com certeza era. E, junto com as apetitosas refeições que havia comido — o delicioso *goulash* da senhora Trinci foi, sem dúvida o ponto alto —, eu também tinha chegado a uma conclusão surpreendente sobre a felicidade, conclusão que poderia ter permanecido um mistério profundo.

Descobri a razão pela qual eu poderia me sentir, de repente, irritada e entediada em uma manhã absolutamente maravilhosa. A razão, querido leitor, é a *comida*. Para os humanos, uma dieta baixa em glicose parece ser a melhor maneira de afastar os sentimentos de tédio e tristeza, e a possibilidade de ter sua liberdade condicional negada. Para nós, felinos, o que poderia consertar o mundo de modo mais confiável que um lanchinho do tamanho de um camundongo?

Passaram-se dois dias até que Sam intimasse Serena a ir até livraria. Ao se aproximar, ela percebeu sua expressão sombria, sentado em frente ao computador.

— Acabei de ter notícias do Franc sobre a contabilidade — ele disse. Serena nem precisou olhar para a tela do computador para saber o resultado. Mas, quando olhou, viu a resposta de Franc para a pergunta que eles fizeram, "Gostou?". No final da página, em letras garrafais, ele havia escrito, <u>EU NÃO GOSTEI!</u> Até sublinhou as palavras para dar mais ênfase.

Sam balançava a cabeça.

— Eu simplesmente não entendo.

— Não estou inteiramente surpresa — disse Serena, afastando-se do computador. — A visão de Franc em relação ao

Café sempre foi a de um oásis ocidental, um enclave retirado do mundo lá fora.

— Mesmo quando nossos clientes estão mostrando estar satisfeitos?

Serena encolheu os ombros, mas não havia dúvidas da decepção em seu rosto. Toda aquela ideia de um futuro banquete indiano, os sachês de especiarias e as promoções online desapareceu no mesmo instante. E depois, veio a sensação de mau presságio sobre o que estaria por acontecer com o Café & Livraria do Himalaia: navegávamos em mares desconhecidos.

Capítulo 9

Não deve haver muitas coisas mais desagradáveis do que descobrir um homem com cara de macaco tomando o lugar de um amigo querido.

Bem, talvez haja uma ou duas coisas, como ser perseguida até um muro alto por dois labradores babões, ou descobrir que você já foi um cachorro em uma vida passada. Ainda assim, você pode entender a minha consternação na manhã em que entrei furtivamente no escritório dos assistentes executivos, cerca de uma semana antes da chegada prevista do Dalai Lama, e, em vez de encontrar a mesa oposta à de Tenzin vazia, ela estava ocupada por um pequeno e retorcido monge. Fiquei tão chocada que quando vi seu rosto enrugado quase caí para trás. Ele tinha uma boca miúda, dentes de coelho e simplesmente não tinha queixo. Sua expressão parecia ser uma eterna careta.

Considerei se aquilo realmente estava acontecendo, ou se eu estava tendo um daqueles sonhos malucos e intermitentes da madrugada. Mas não, todo o resto parecia estar como devia. Tenzin estava sentado tranquilamente, escrevendo uma carta para o presidente da França. Do outro lado do pátio, ouvia-se o som dos monges entoando seus cânticos. O cheiro do incenso *Nag Champa* misturado com o de café moído flutuava pelo corredor. Era só mais um dia no escritório — exceto por aquela aparição estranha.

Tenzin me cumprimentou com sua formalidade de sempre:

— Bom dia, GSS.

Dei alguns passos em sua direção e depois olhei por cima do ombro.

— A gata do Dalai Lama — ele explicou para o outro homem. — Ela gosta de ficar em cima do móvel do arquivo.

O monge grunhiu um reconhecimento, dando o mais breve dos olhares em minha direção e continuou a trabalhar no computador de Chogyal.

Querido leitor, estou acostumada a muitas reações diferentes à minha aparência, desde ser perseguida pelos cães do reino dos infernos, até ser reverenciada pelos monges de Namgyal. Uma coisa com a qual eu *não* estou acostumada é a simplesmente ser ignorada. Agachando-me por um instante, lancei-me no ar para aterrissar com um baque instável na mesa de Chogyal. *"Bem,"* pensei, *"o Venerável Cara de Macaco não vai conseguir me ignorar agora."*

Mas ele conseguiu! Houve um momento de incerteza inicial, quando olhou para a minha forma suntuosamente macia e — para a maioria das pessoas — irresistível, empoleirada em um texto antigo. Então, virou-se abruptamente de volta para o seu computador como se, ao fingir que aquilo não estava acontecendo, pudesse fazer com que desaparecesse.

Eu estava atraindo muito mais a atenção de Tenzin, que seguia meus movimentos com sua inescrutabilidade diplomática usual. Mas eu o conhecia bem o suficiente para perceber que muita coisa estava acontecendo por trás daquela sua cara de paisagem. Se eu não estivesse enganada, ele pareceu achar minha aparição fora de hora bastante divertida.

Depois de longos minutos durante os quais o monge continuou a me ignorar, seus olhos colados na tela do computador como se sua vida dependesse daquilo, percebi que não ganharia nada sentada ali em sua mesa. Então, trotei para cima da mesa de Tenzin, tendo cuidado para deixar a marca da minha pata no elegante papel timbrado do Palácio do Eliseu que estava em cima da mesa, antes de roçar minha cauda peluda pelo seu pulso. Era o meu jeito de dizer: — *Vamos, vamos, querido Tenzin, nós dois sabemos que tem alguma coisa errada por aqui*. Então, subi no arquivo atrás dele e, depois de uma lavagem superficial, acomodei-me para a minha soneca da manhã.

Mas o sono não vinha. Enquanto ficava ali como uma esfinge, patas devidamente dobradas sob o corpo, e olhava em volta pelo escritório, meus pensamentos se voltavam para o Cara de Macaco. Parecia que estava trabalhando sob a supervisão de Tenzin.

Mas por quanto tempo? Será que iria embora no fim da manhã? Do dia? Foi quando um novo pensamento me alarmou: e se ele estivesse ali para ficar no lugar de Chogyal? Será que sua nomeação era para horário integral? Só a ideia já parecia um horror! Lá estava ele, sentado, uma pequena nuvem de intensidade ruminante — em nada se parecendo com o rechonchudo e benevolente Chogyal, de coração caloroso. Se o Venerável Cara de Macaco fosse virar parte da mobília, o escritório dos assistentes não seria mais um lugar onde eu iria querer passar o meu tempo. De um santuário aconchegante, convenientemente perto da suíte que eu compartilhava com Sua Santidade, aquela sala se tornaria um lugar proibido, a ser meticulosamente evitado. Que terrível reviravolta de acontecimentos! Onde passaria o meu tempo enquanto o Dalai Lama estivesse fora? Como isso poderia estar acontecendo comigo, a GSS?

O monge ainda estava lá quando saí para o almoço no Café & Livraria do Himalaia, mas, felizmente, havia ido embora quando voltei. Estava parada na porta, olhando para onde Tenzin se ocupava arquivando alguns papéis, quando Lobsang chegou. Depois de se inclinar para me acariciar várias vezes, ele entrou no escritório, colocou as mãos atrás das costas, e se apoiou na parede.

— Então, como foi com o primeiro da sua curta lista? — perguntou a Tenzin, lançando um olhar para onde o monge havia passado o dia sentado.

— Ele é muito diligente. Inteligência afiada.

— Aham.

— Faz o trabalho assim — disse Tenzin, estalando os dedos.

Estava acompanhando a conversa de perto, olhando para um e para o outro.

— Altamente conceituado pelos abades dos nossos principais mosteiros — disse Lobsang.

Tenzin assentiu.

— Importante.

— Decisivo.

Houve uma pausa antes de Lobsang sugerir:

— Estou sentindo um mas...

Tenzin retribuiu o olhar.

— Se ele tivesse de lidar somente com os abades, era uma coisa. Mas quem quer que assuma o cargo, terá de interagir com uma grande variedade de pessoas — olhando para mim, ele rapidamente se corrigiu —, ou de seres.

Lobsang seguiu seu olhar. Incapaz de se conter, aproximou-se de mim, me pegou no colo e me segurou em seus braços.

— Falta um pouco de habilidade interpessoal, não?

— Muito tímido — Tenzin. — Ele é bom nos assuntos referentes às escrituras. Sente-se muito confortável nessa área. Mas os maiores desafios da função são sempre os problemas com as pessoas.

— Resolução de conflitos.

— Oferecer ajuda a quem precisa.

— Exatamente. Algo que Chogyal fazia muito bem. Ele tinha um jeito de fazer as pessoas acreditarem que as suas ideias eram delas, e de apelar para as causas mais nobres.

— Um talento raro.

Tenzin assentiu.

— Alguém difícil de suceder.

Lobsang estava massageando a minha testa com a ponta de seus dedos, exatamente como eu gostava.

— Entendi que ele não agradou à GSS?

— Parecia não saber como reagir. Era como se ela tivesse vindo de um outro planeta.

Lobsang deu um sorriso.

— Então, o que ele fez?

— Simplesmente a ignorou.

— Ignorou? Como pôde fazer isso com você? — Lobsang olhou para baixo, bem dentro dos meus olhos azuis. — Ele não percebeu que é você quem toma a decisão final?

— Exatamente. Entender quem *realmente* dá as ordens é uma outra exigência do cargo.

— E a autoridade nem sempre vem de onde você imagina, não é, GSS?

Dois dias depois, entrei no escritório para encontrar a cadeira de Chogyal ocupada por um monge enorme, com uma cabeça gigantesca, e os braços mais longos que eu já vira.

— Ah, sim. E quem é essa? — Antes que alguém pudesse dizer *Om mani padme hum*, o monge já havia me agarrado pelo cangote e me levantado, deixando que eu ficasse suspensa no ar, me estrangulando lentamente, como se eu fosse uma intrusa cara de pau.

— Esta — Tenzin explicou rapidamente — é A Gata de Sua Santidade, a GSS. Ela gosta de ficar no móvel do arquivo.

— Entendi. — O gigante ficou em pé, agarrou-me com a outra mão e me levou para o arquivo, onde me jogou com um solavanco tão forte que senti uma dor sacudir meus quadris macios.

— Ela é uma beleza, não é? — observou, enquanto me esmagava ao correr sua mão pela minha espinha.

Miei queixosamente.

— Ela é muito delicada — observou Tenzin. — E muito amada.

Enquanto o monge retornava para sua cadeira, trêmula, inspecionei o escritório. Nunca havia sido tratada de maneira tão rude em Jokhang. Nunca fui agarrada pelo pescoço de um modo tão descuidado e observada como se fosse algum tipo de exposição zoológica. Pela primeira vez na vida, senti medo de estar ali. O monstro nem sabia a força que tinha. Sei que não teve a intenção de me machucar. Quando me colocou no arquivo, provavelmente pensou que estivesse me poupando o esforço de ter de pular nele sozinha. Mas tudo o que conseguia pensar agora era em como escapar do escritório o quanto antes, sem que ele me tocasse novamente.

Fiquei ali sentada, esperando ansiosamente pelo meu momento. Enquanto Tenzin trabalhava nas recomendações da proposta da Cruz Vermelha, na mesa em frente à sua, o Estrangulador de Gatos era um turbilhão de atividade. Elaborando e-mails, lendo documentos, grampeando neles seus fichamentos — tudo com muita energia. Fechava as gavetas com força, socava o telefone de volta no gancho. Até o ar do escritório estava em atividade. A certa altura, quando Tenzin fez uma piada e o grande monstro riu, de sua barriga saíram grandes rajadas de vento hilariante que fizeram o chão do escritório reverberar.

Quando anunciou que iria tomar uma xícara de café e se ofereceu para trazer uma para Tenzin, desci do arquivo sorrateiramente e fugi. Enquanto corria para o Café & Livraria do Himalaia, muito mais cedo do que de costume, me peguei pensando em como, na comparação, o Venerável Cara de Macaco era infinitamente preferível. Ele havia ferido os meus sentimentos ao me ignorar, mas percebi que aquilo era um problema dele, não meu. Por outro lado, o gigante do robe vermelho era uma ameaça física. Se ele fosse escolhido como o sucessor de Chogyal, muito da minha vida em Jokhang se resumiria à tentativa de evitá-lo.

E que tipo de vida seria essa?

Chiando, desci a rua em direção aos arredores reconfortantes do Café. Com o fluxo constante de clientes do restaurante e da livraria, havia sempre muito movimento, mas eu me sentia segura ali. Certamente nunca havia sido maltratada por um gigante de robe vermelho ou algo parecido.

Somente quando estava no meio do caminho do meu lugar habitual, na última prateleira da estante de revistas, é que me dei conta que havia algo diferente acontecendo no canto da livraria, onde geralmente nos reuníamos para os nossos tradicionais mimos do fim do dia.

Serena e Sam estavam em pé, a uma pequena distância um do outro, sussurrando de modo urgente e confidencial.

— Q-q-quem disse? — Sam estava perguntando.

— A amiga de Helen Cartwright conhece sua irmã, Beryle, em São Francisco.

— E quando?

— Em breve, muito em breve. — Os olhos de Serena estavam arregalados. — Tipo, nas próximas duas semanas.

Sam balançou a cabeça.

— Isso não pode estar certo.

— Por que não?

— Ele teria nos dito. Mandado um e-mail, alguma coisa.

— Ele não tem essa obrigação. — Serena mordeu o lábio.

— Pode voltar quando quiser.

Durante algum tempo, os dois olharam para o chão. Finalmente, Serena disse:

— Isso meio que faz a gente pensar melhor sobre o lance dos sachês de especiarias. Não interessa o que o Franc acha se eu nem estiver trabalhando aqui.

— Você ainda n-n-não sabe. — A autoridade de Sam o abandonara.

— Esse foi o trato. Sou apenas uma gerente. Um tapa-buraco. Quando fizemos o acordo, eu planejava voltar para a Europa.

— Por que não ligamos para ele?

Ela balançou a cabeça.

— É um direito dele, Sam. O negócio é dele. Acho que isso iria acontecer.

— Talvez pudéssemos perguntar por aí. Pode ser apenas boato.

Quando a conversa deles terminou, continuei na prateleira, acomodada na postura de *croissant*.

Embora não estivesse ali há muito tempo, Serena havia trazido um calor e uma vibração para o Café que o tornava ainda mais especial. O fato de que poderia ir embora era algo que eu não queria contemplar, ainda mais com tudo o que estava acontecendo lá em cima da colina.

No dia seguinte, eu estava novamente cedo no Café, após ter saído de fininho de Jokhang, caso o Estrangulador de Gatos retornasse. Quando Serena chegou para começar a trabalhar, pude ver que as notícias não eram boas. Ela se aproximou de Sam, que colocava na prateleira uma remessa de livros recém-chegada, e disse a ele o que tinha acontecido na aula de ioga na noite anterior.

Seu colega de prática, Reg Goel, um dos agentes imobiliários mais conhecidos de McLeod Ganj, estava tomando conta da casa de Franc enquanto ele estava fora. Ao guardarem seus materiais depois da aula, Serena perguntou a Reg se tinha notícias de Franc.

Ah, sim, ele respondera, despreocupadamente. Estivera em sua casa naquela manhã para inspecionar a limpeza das mobílias, a volta das plantas aos seus lugares e o reabastecimento da despensa e da geladeira. Franc havia ligado para ele na semana anterior e estava para voltar a qualquer momento.

Serena havia ficado tão chocada que mal sabia o que dizer. Não sentiu vontade de ficar para a sessão de chá depois da prática. Como Sid estava no corredor na mesma hora, vendo a expressão em seu rosto, perguntou se havia alguma coisa errada.

Para seu constrangimento, Serena começou a chorar. Sid a protegeu discretamente antes que mais alguém a visse, acompanhando-a de volta ao Café. Serena lhe explicou que o trato que havia feito com Franc era apenas temporário e que sua volta significaria a perda de seu emprego.

Na manhã seguinte, pouco depois das dez, Sid chegou ao Café. A princípio não o reconheci, pois só o tinha visto com suas roupas de ioga. Em pé no vão da porta de entrada, alto e elegante em seu terno escuro, emanava certo ar de equilíbrio quase majestoso.

Serena se aproximou, surpresa e feliz com sua presença.

— Na verdade, eu vim ver você — Sid explicou, enquanto a levava para a parte de trás do restaurante, perto da cadeira predileta de Gordon Finlay em tempos idos. Era o lugar perfeito para uma conversa particular.

— Desculpe-me por ter feito papel de idiota ontem à noite — disse Serena, depois que já estavam sentados e haviam pedido os cafés a Kusali.

— Não fale assim — Sid disse, num tom protetor. — Qualquer um em seu lugar teria se sentido da mesma maneira. — Olhou para ela atentamente durante algum tempo, os olhos cheios de preocupação. — Estive pensando em sua situação. Se o pior acontecer, e você ficar sem emprego, ainda iria querer ficar em McLeod Ganj, certo?

Ela assentiu.

— Mas isso pode não ser possível, Sid. Eu preciso de um emprego, e não qualquer emprego. Eu costumava pensar que trabalhar nos melhores restaurantes da Europa era tudo o que sempre quis. Mas, conforme o tempo foi passando, mais entendi que aquilo não iria me completar. Aprendi outras coisas que me recompensaram de formas mais importantes.

— Como os curries e os sachês de especiarias?

Ela deu de ombros.

— Tudo muito hipotético agora, não?

Ele se inclinou para a frente.

— Ou não...

Serena pareceu confusa.

— Eu me lembro de você contando no grupo de ioga como os sachês de especiarias estavam fazendo sucesso — ele disse. — Você até teve de contratar outro funcionário só para se encarregar dos pedidos.

— Ele está aqui — ela disse, inclinando a cabeça em direção à cozinha. — Ontem à noite recebemos um pedido de duzentos sachês.

— Exatamente o que estou dizendo.

— Mas se eu não estiver trabalhando aqui... — Ela parou de falar, tentando entender onde Sid queria chegar.

— Você também disse que o Franc não quer continuar com os curries e essas coisas.

Serena assentiu.

— O que estou pensando — disse Sid — é que se ele voltar como gerente e mantiver seu menu de sempre, não haveria conflito de interesse se você continuasse a fazer os sachês de especiarias.

Seus olhos se arregalaram.

— Mas onde?

— Há muitas instalações disponíveis por aqui.

— Não sei, Sid. Do jeito que está, já estamos começando a ter problemas com o abastecimento.

— Das especiarias?

— Os mercados de Dharamsala resolvem o problema para quantidades médias. Mas precisamos garantir a continuidade de grandes quantidades de especiarias da melhor qualidade.

— *Isso* — disse Sid enfaticamente — é algo que você pode resolver facilmente.

— Como?

— Através do meu negócio. Temos acesso a produtores de toda a região.

— Pensei que você trabalhasse com TI — disse Serena, cada vez mais perplexa.

Ele concordou.

— Dentre outras coisas. Questões como o comércio justo de especiarias orgânicas são muito importantes para nossa comunidade, e muito importantes para mim.

Durante as conversas depois da prática de ioga na varanda de Ludo, Sid geralmente se referia à *nossa comunidade*. Era uma coisa que, como Serena começou a perceber, resultava de uma preocupação pessoal profundamente enraizada. Mas a menção da palavra *orgânica* fez Serena ficar em alerta.

— E o preço?

— Nós compraríamos sem intermediários. O custo provavelmente seria menor do que você está pagando no mercado.

Ele disse *nós*, ela reparou, enquanto sorvia seu café. Serena colocou sua xícara e suas mãos sobre a mesa.

— Mesmo se eu fosse montar, sabe, um negócio separado, os sachês só deslancharam por causa do Café & Livraria do Himalaia.

Sid sorriu, seus olhos brilhando com carinho. Ele estendeu a mão, colocando-a sobre as mãos de Serena por um momento.

— Serena, o Café & Livraria do Himalaia foi o motivo pelo qual você teve a sua ideia. Mas um modelo de negócio de sucesso não depende dele. São duas coisas completamente separadas.

Enquanto Serena olhava para ele, percebeu que o que dissera era verdade. Claro que o motivo pelo qual as pessoas continuavam fazendo novos pedidos de sachês não era por causa do Café & Livraria do Himalaia, mas sim por causa do gosto, da conveniência e do preço. Porém, o mais importante para ela naquele momento era o *porquê* de Sid estar dizendo isso. Tinha, evidentemente, pensando muito a respeito dela e dos desafios que enfrentava — muito mais do que ela própria havia pensado.

Ao considerar isso, outras coisas começaram a pipocar em sua cabeça. O modo como Sid geralmente se sentava ao seu lado na varanda depois da prática de ioga, o modo como havia ficado feliz quando ela anunciou sua intenção de permanecer em McLeod Ganj em vez de voltar para a Europa, da sua preocupação quando mencionou que Franc perdera o pai, tudo isso apontava para a mesma direção.

Assim como Sam havia permanecido alheio à Bronnie até o dia em que ela parou à sua frente, do outro lado do balcão, sacudindo sua mão pela primeira vez, Serena finalmente *reparou* em Sid. Ele poderia ter estado lá o tempo todo, mas somente agora ela começara a entender — e sorriu com a constatação.

— E quanto à comercialização? — perguntou, um tanto distraída. — O banco de dados dos clientes pertence ao Café & Livraria do Himalaia.

— Franc parece ser um homem razoável — disse Sid. — Mesmo que *ele* não quisesse continuar com o negócio dos sachês, não haveria problemas em passar o negócio para você, talvez com um *royalty*.

Serena assentiu.

— Isso como uma renda complementar. Mas se eu abrisse um negócio sozinha...

— Você precisaria de uma distribuição muito maior, de preferência, no exterior. E há alguém que provavelmente pode te ajudar.

— Ah, é?

— Você já o conhece.

Aquela frase de novo.

— Daqui?

— Não me lembro o nome dele, mas você mencionou que ele é um dos empresários mais bem-sucedidos na indústria de *fast-food*.

Gordon Finlay, pensou Serena.

— Uau! — disse em voz alta. — Se ele abrisse as portas de apenas uma cadeia de varejo... — Serena balançou a cabeça. — Não acredito que não pensei nele antes.

— Às vezes, é mais fácil quando se vê as coisas de longe.

Durante um longo tempo, eles sustentaram o olhar um do outro.

— Isso é... Incrível! — Serena disse, por fim. Dessa vez, foi ela quem estendeu a mão para segurar a dele entre as suas.

— Obrigada, Sid. Por tudo.

Ele assentiu, sorrindo.

— Você tem um cartão de visitas ou algo assim? — Serena perguntou.

— No caso de precisarmos nos falar mais? Você me encontra na ioga.

— Você é sempre tão conscencioso — disse ela. — Mas pode ser que eu não esteja lá todos os dias esta semana.

— Eu não vou faltar nenhuma aula.

Houve uma pausa, antes que ela persistisse, curiosa:

— Você poderia me dar só um número de telefone, ou algo assim?

Depois de um instante, e talvez com alguma relutância, Sid enfiou a mão no bolso do paletó, de onde tirou uma carteira de couro e pegou um cartão.

— Não tem o seu nome aqui — observou Serena. — Só um endereço e um número de telefone.

— Mande chamar o Sid.

— Eles vão saber quem você é?

Sid deu uma risada.

— Sim. Todos me conhecem.

Serena passou o resto do dia distraída. Havia momentos em que eu olhava para cima e a via atrás do balcão, fitando o nada — algo que eu nunca a tinha visto fazer antes. Em certo momento, ela levou uma garrafa de *Sauvignon Blanc* resfriado da adega para a cozinha, em vez de levá-lo para a mesa do cliente. Outra vez, se despediu de um cliente sem lhe dar o troco. Serena estava executando as tarefas de gerente, mas seu pensamento estava evidentemente em outro lugar. A visita de Sid tinha sido tanto um choque, como uma alegria. Como podia não ter percebido? Seus próprios sentimentos estavam gravados na felicidade em seu rosto, enquanto Sid estendia os braços para tocá-la. Sentiu-se tão envergonhada quando percebeu o quanto ele havia pensado cuidadosamente na sua situação. Mas agora que ele não estava mais ali, as dúvidas embasavam seus pensamentos. A notícia sobre o retorno eminente de Franc, a revelação do interesse que Sid nutria por ela, sua proposta de negócio ousada e assustadora — era muita coisa para assimilar. Por que tudo sempre tinha de acontecer de uma vez só?

Logo após o almoço, um banquete suculento de linguado *à belle meunière* o qual devorei com gratidão, escutei Serena repetir algumas das sugestões de Sid para Sam, porém com certa reserva.

— Não estou bem certa de que o Franc *estaria* disposto a me deixar usar a mala-direta de clientes — disse ela, confidenciando suas dúvidas. — Parece que ele não quer que o Café tenha esse tipo de associações.

Sam estava quieto.

— Mesmo se Gordon Finlay *abrisse* as portas para mim —continuou ela —, será um longo caminho até chegarmos a um fluxo de pedidos a varejo. Como iria pagar as minhas contas enquanto isso?

Era uma tarde estranha. O Café & Livraria do Himalaia era geralmente um lugar agradável para passar o tempo, mas hoje parecia que a música familiar do Café estava fora do tom. Nuvens escuras se formavam no céu, e o vento era tão frio que, quando bateu três horas da tarde, Kusali teve de fechar as portas de vidro.

Quanto a mim, só fiquei porque estava com medo do que iria encontrar se voltasse para Jokhang durante o horário de trabalho. A simples ideia do monge gigante encostando em mim já causava arrepios que desciam pelas minhas macias patas cinzentas. Embora a chegada de Sua Santidade estivesse há poucos dias de distância, a ameaça do monge gigante minava as minhas expectativas.

Para Serena, parecia que toda a animação que poderia ter sentido depois da visita de Sid estava mais que mitigada pelas suas preocupações com relação ao retorno iminente de Franc.

E, naquela noite, a tradicional sessão de chocolate quente pareceu confirmar o modo como as coisas haviam se tornado perigosamente instáveis. Depois da habitual troca de sinais entre Serena e Sam, ela se dirigiu para o lugar de sempre, seguida de Kusali. Em sua bandeja, havia três canecas de chocolate quente — Bronnie também havia se tornado uma *habituée* — juntamente com os biscoitos dos cachorros e o meu leite.

Em pouco tempo, Marcel e Kyi Kyi estavam atacando seus biscoitos vorazmente, como se fosse a primeira comida que tivessem visto o dia todo. Concentrei-me no meu leite com um pouco mais de decoro. Sam chegou da livraria e se sentou bruscamente à frente de Serena.

— A Bronnie vai descer? — Serena perguntou, apontando para a terceira caneca de chocolate na bandeja.

— Não esta noite — Sam disse, com expressão cansada. Então, depois de uma pausa, completou: — Talvez nunca.

— Oh, Sam! — O rosto de Serena estava cheio de preocupação.

Ele tomou um longo gole de chocolate antes de olhar para ela brevemente.

— Briga feia — disse ele.
— Briga de namorados?

Ele balançou sua cabeça tristemente.

— Mais que isso.

Serena ficou em silêncio, e então, Sam falou:

— Disse que sempre quis ir para K-K-Kathmandu. Um trabalho voluntário que apareceu por lá. Ela parece não entender que eu não posso simplesmente largar tudo e ir junto.

Serena apertou os lábios.

— Difícil.

Sam suspirou profundamente.

— O emprego ou a namorada. Grande escolha.

Não havia mais ninguém na livraria naquele momento, e a única mesa ainda com clientes estava no Café — quatro frequentadores assíduos ocupavam-se ociosamente com os restos de seus *crème brûlée* e seus cafés.

Como Kusali ainda estava trabalhando, nem Serena nem Sam prestavam muita atenção ao que acontecia mais além da mesa onde estavam, razão pela qual foram pegos de surpresa com a chegada de um visitante que pareceu se materializar do nada. Como professor do Franc e autonomeado conselheiro do Sam, ele não era uma figura estranha ao Café, mas não aparecia ali havia muito tempo.

Essa visita acontecia por um motivo específico.

Sentindo um movimento nas escadas que dava para a livraria, Sam olhou para cima e o viu em pé, do outro do lado da mesa.

— Geshe Wangpo! — exclamou, de olhos arregalados.

Sam e Serena fizeram menção de se levantar.

— Fiquem! — Geshe Wangpo comandou, palmas das mãos voltadas para os dois. — Não vou demorar, sim? — Sentou-se no braço do sofá onde estava Sam.

Geshe Wangpo possuía um tom de comando poderoso e sua presença era suficiente para condicionar todos os presentes a um estado de obediência mansa. Enquanto Serena fazia contato visual com Sam, Geshe Wangpo disse aos dois:

— É necessário praticar a equanimidade. Quando a mente passa por muitos altos e baixos, não pode haver felicidade nem paz. Não é útil nem para nós mesmos — ele olhou diretamente para Serena — nem para os outros.

Depois que Serena olhou para baixo, senti a força do olhar de Geshe Wangpo se virar para mim, como se eu fosse um livro aberto. Parecia saber exatamente como eu me sentia a respeito do Venerável Cara de Macaco e do Estrangulador de Gatos. De como eu me refugiei no Café, com medo de voltar a Jokhang. De como minha habitual autoconfiança sem limite havia me desertado. Ao retribuir seu olhar, senti que ele me conhecia tão bem quanto eu mesma.

Sam sentia-se exposto. Assentiu, pesarosamente. Não havia como esconder a verdade óbvia. Depois de um momento, Serena falou:

— O problema é como.

— Como?

— É tão difícil permanecer em equilíbrio para praticar a equanimidade — Serena disse — quando há tanta... Coisa acontecendo.

— Quatro ferramentas — Geshe Wangpo disse, retribuindo o nosso olhar. — Primeira: impermanência. Nunca se esqueçam: *isto também vai passar*. A única coisa que sabemos com certeza é que seja lá como as coisas estiverem agora, elas irão mudar. Se você se sente mal agora, não tem problema. Você se sentirá melhor depois. Você sabe que é verdade. Sempre foi verdade, certo? E ainda é verdade agora.

Eles assentiram.

— Segunda: para que se preocupar? Se você puder fazer alguma coisa a respeito, faça. Se não, para que se preocupar? Desapegue! Cada minuto que você passa se preocupando são sessenta segundos que perde sem ser feliz. Não permita que seus pensamentos sejam como ladrões, que roubam o seu contentamento. — Terceira: não julgue. Ao dizer *"o que está acontecendo é ruim"*, quantas vezes você está errado? Perder o emprego pode ser exatamente o que você precisa para começar uma carreira mais gratificante. O fim de um relacionamento pode trazer possibilidades que você nem pensou que poderiam existir. Quando acontece, você pensa que é *ruim*. Mais tarde pode pensar que foi *a melhor coisa que já aconteceu*. Então, não julgue, não importa o quanto as coisas possam parecer ruins na hora. Você pode estar completamente enganado.

Serena, Sam e eu olhávamos para Geshe Wangpo, paralisados.

Naquele momento, ele parecia ser o próprio Buddha, materializando-se entre nós para nos dizer o que mais precisávamos ouvir.

— Quarta: sem lodo, não há lótus. A mais transcendental das flores nasce da sujeira dos pântanos. O sofrimento é como um lodo. Se faz com que sejamos mais humildes, mais capazes de nos solidarizarmos com os outros e nos tornarmos mais abertos a eles, então nos tornamos mais capazes de nos transformarmos e sermos realmente belos, como a flor-de-lótus.

— Claro! — Geshe Wangpo levantou-se do braço do sofá, uma vez que já tinha dado seu recado. — Falo somente de coisas que estão na superfície do oceano, os ventos e tempestades pelos quais todos nós temos que passar. Mas nunca se esqueçam que — ele se inclinou por sobre a mesa, tocando seu próprio peito com a mão direita — lá no fundo, por debaixo da superfície, está tudo bem. A mente é sempre clara, desobstruída e radiante. Quanto mais habitar nesse lugar, mais fácil será lidar com as coisas temporárias e superficiais.

Geshe Wangpo se comunicava através de coisas que iam além de palavras. Naquele momento, aquele bem-estar profundo do qual falou possuía uma realidade palpável. Depois foi embora, da mesma forma silenciosa e despercebida como entrara.

Por um momento, Serena e Sam permaneceram sentados em seus sofás, perplexos com o que acabara de acontecer.

Sam foi o primeiro a falar:

— Isso foi... Muito incrível. O modo como ele apareceu do nada.

Serena assentiu com um sorriso.

— Parece que sabe exatamente o que está acontecendo em nossas mentes — Sam continuou.

— E não só quando estamos com ele — Serena acrescentou.

O olhar de Sam encontrou o dela por um tempo, compartilhando seu espanto.

— Mas o que ele disse é tão certo — disse ela, sorrindo. Parecia estar reconhecendo que uma nuvem havia se dissipado.

Sam assentiu:

— Irritantemente certo.

Ambos riram.

Kusali abriu a porta da frente, e a brisa da noite envolveu o Café. Perto da janela, os clientes da última mesa se preparavam para sair.

Refleti sobre o significado do que Geshe Wangpo dissera. A felicidade duradoura só era possível através da equanimidade. Enquanto nossa felicidade dependesse das circunstâncias, seria tão fugaz e não confiável quanto os próprios eventos. Como fios de pelo de gato ao vento, nossas emoções seriam jogadas para lá e para cá, por forças muito além do nosso controle.

As ferramentas para se cultivar equanimidade não exigiam nenhum ato de fé. À medida que Geshe Wangpo as explicava, elas se tornavam óbvias. Mas, assim como seu coração, a essência da equanimidade era a familiaridade com a natureza da própria mente, algo que eu sabia que deveria ser desenvolvido através da prática da meditação. Geshe Wangpo havia, evidentemente, dominado a prática. Isso era aparente no modo como a mente de outras pessoas se tornava transparente para ele — uma consequência natural do fato de sua própria mente ser desobstruída.

Passou algum tempo até que Serena percebeu. Ela olhou rapidamente do rosto de Sam para o sofá, e depois para baixo da mesa, e, por fim, para a cesta embaixo do balcão.

— Os cachorros! — exclamou.

Sam se sentou com um sobressalto, perguntando ansiosamente.

— Onde estão?

Ambos se levantaram e começaram a procurar pelo café e pela livraria.

E então Serena os viu do lado de fora, deitados na calçada em frente ao Café. Nunca antes, em nossas sessões do fim do dia, Marcel e Kyi Kyi haviam abandonado o sofá e a possibilidade de uma coçada na barriga. Nunca haviam saído na escuridão da noite. Era algo que simplesmente não acontecia. Serena e Sam se entreolharam.

— Eles sabem — disse ela.

Capítulo 10

E sabiam mesmo.

Pouco tempo depois, Serena estava somando os recibos da noite, depois de ter se despedido dos últimos clientes. Atrás do balcão da livraria, Sam fazia a mesma coisa. Kusali dava os toques finais na preparação do lugar para o café da manhã do dia seguinte. Tendo deixado a seção dos livros e me encaminhado para a porta, estava prestes a voltar para casa, quando vi uma comoção do lado de fora.

Um grande táxi branco acabara de estacionar ao lado do Café. Seus faróis brilhavam. Alguém saiu do banco de trás. Marcel e Kyi Kyi latiam loucamente, enquanto pulavam na figura vestindo calça jeans preta e uma blusa de moletom. Mesmo antes de ele se virar, já sabíamos de quem se tratava.

Ele se abaixou para pegar um cachorro em cada braço. Os latidos pararam bruscamente e foram substituídos por um frenesi de farejadas, choramingo e lambidas no rosto. Franc jogou a cabeça para trás e riu de alegria.

Quando entrou no Café, olhou para Serena, Sam, Kusali e eu.

— Vim direto de Nova Déli. Fiz o motorista do táxi passar pelo Café. Quando vi que as luzes estavam acesas... — Ele não precisava explicar, enquanto segurava os cachorros com prazer.

Serena foi a primeira a se aproximar.

— Bem-vindo de volta ao lar! — disse, beijando sua bochecha.

Franc colocou os cachorros no chão, que imediatamente se lançaram degraus acima, enquanto Sam descia, depois de volta para Franc e em seguida para a calçada e para dentro do Café.

— Que bom vê-lo de volta! — Sam o cumprimentou com um aperto de mão, seguido de um abraço apertado.

A uma curta distância, Kusali uniu as mãos diante do coração, inclinando-se em uma reverência. Franc fez a mesma coisa, enquanto mantinha o olhar no *maître*.

— *Namaste*, Kusali.

— *Namaste*, senhor.

Então, Franc se aproximou de onde eu estava sentada e me pegou no colo.

— Pequena *Rinpoche* — disse ao me beijar no pescoço. — Estou feliz que você também esteja aqui. Não teria sido a mesma coisa sem você.

Acomodei-me em seus braços.

Sam olhou para onde os dois cachorros continuavam correndo em círculos loucamente.

— Sei que não comentou nada sobre a minha volta — Franc disse para Sam e Serena. — Mas é porque, por enquanto, quero que continuem fazendo o que estão fazendo.

— Você acha que vai conseguir ficar longe daqui? — Serena disse com um sorriso, disfarçando a ansiedade que sentia.

— Ah, eu venho tomar um café ou almoçar. Mas gerente em tempo integral? — Não estou com a mínima pressa. Uma das coisas que aprendi com toda essa experiência com o meu pai é que eu quero aproveitar o fato de estar aqui em McLeod

Ganj com todos esses professores maravilhosos. A vida é curta. Não quero passar a minha gerenciando um restaurante.

Os três humanos e eu escutamos com atenção.

— Se não estivesse voltando para a Europa — ele olhou para Serena —, tentaria persuadi-la a ficar aqui e dividir o trabalho comigo.

— É uma ideia. — Sam olhou para Serena com um sorriso.

Serena levantou as sobrancelhas.

— Você confiaria no meu julgamento?

Franc abriu um sorriso.

— Por que eu não confiaria? Nunca estivemos tão bem financeiramente desde que vocês dois começaram a comandar o show. Todos parecem estar melhor sem mim.

Ele inclinou a cabeça para os cachorros.

— Espero que nem *todos*.

Serena e Sam trocaram um olhar significativo.

— É que... — começou Serena ao mesmo tempo em que Sam disse:

— Quando nós...

Ambos pararam.

— O quê? — Franc olhou para um e para outro.

— As noites de curry — Serena conseguiu dizer, alguns instantes antes de Sam murmurar:

— Os sachês de especiarias...

— Exatamente! — Os olhos de Franc brilharam.

— Mas nós achamos... — começou Serena.

— Seu *e-mail* disse... — continuou Sam.

— Que você não gostou da ideia — Serena concluiu.

Franc franziu a testa.

— As contas do mês passado?

Enquanto os dois assentiam, com expressões graves, ele disse:

— Eu lembro exatamente o que escrevi: <u>EU NÃO GOSTEI. EU AMEI!</u>

Sam foi repentinamente tomado de emoção.

— O final da página deve ter sido cortado! — Ele olhou para Serena com um pedido de desculpas. — Nós pegamos só o começo.

Mas Serena não se importou. Agarrou Franc arrebatadoramente e o abraçou.

— Você nem imagina o quanto isso me deixa feliz!

❈

Na manhã seguinte, depois do café, emergi timidamente da suíte que dividia com Sua Santidade e desci pelo corredor, passando pela porta do escritório dos assistentes na ponta dos pés. Estava preparada para voltar correndo ao meu santuário ao primeiro sinal do Estrangulador de Gatos. Em vez disso, ouvi Tenzin e Lobsang discutindo sobre um novo desenrolar de acontecimentos. Curiosa como sempre, saltitei para dentro do escritório.

— ...completamente de surpresa — Tenzin dizia, antes de me ver.

Eles me cumprimentaram em uníssono:

— Bom dia, GSS.

Eu me aproximei, esfregando meu corpo peludo primeiro nas pernas de Lobsang e depois nas de Tenzin.

— O problema é que ele chega daqui a três dias e sua agenda já está completamente tomada desde a sua chegada

— Tenzin disse, resumindo a conversa. Em seguida, se abaixou para me acariciar.

— Ouviu isso, GSS? Daqui a três dias a sua pessoa favorita da equipe vai trazer Sua Santidade de volta para nós.

Apesar de ter arqueado as costas em retribuição ao seu afeto, a notícia de que o motorista de Sua Santidade estaria de volta a Jokhang não me emocionava nem um pouco. Eu me orgulhava de ser uma gata de muitos nomes, mas o que me foi outorgado por esse sujeito grosseiro era vergonhoso.

Ele escolhera a alcunha no momento em que meus piores instintos haviam sido provocados, e eu levara para Jokhang um rato em estado de coma. Querido leitor, você consegue imaginar como ele passou a me chamar? A *mim*? *Mousie Tung*!

※

— Sua Santidade sabe da dificuldade que estamos tendo em arrumar alguém para o cargo — disse Tenzin. — Tivemos alguns problemas de habilidade e de temperamento com os que já foram testados até agora. É por isso que sugeriu essa solução provisória.

Estava muito aliviada. Pelo que entendi, o cargo de Chogyal não iria ser preenchido pelo Venerável Cara de Macaco. Também não teria de passar correndo pelo escritório todos os dias para não chamar a atenção do Estrangulador de Gatos.

— Então, quando o temporário deve chegar? — Lobsang perguntou.

Tenzin olhou para o seu relógio.

— A qualquer minuto. Acabei de enviar Tashi e Sashi para buscá-lo.

Lobsang assentiu. Olhando para o computador, perguntou:
— E quanto a suas habilidades de TI?
Tenzin encolheu os ombros.
— Nem sei se ao menos já usou um telefone celular.
— Por outro lado, ler o pensamento das pessoas é certamente uma vantagem — observou Lobsang.
Eles riram antes de Tenzin dizer:
— Algumas das decisões tomadas por Sua Santidade podem parecer estranhas. Mas descobri que, muitas vezes, as coisas não são como parecem.

※

Um pouco mais tarde, quando Lobsang retornou ao escritório e eu ocupava o meu poleiro em cima do arquivo, escutei uma agitação de pés descalços no corredor, acompanhada por vozes de meninos. Então, sem qualquer barulho ou movimento perceptível, Iogue Tarchin apareceu no escritório.

Exatamente como na vez em que eu o vira na residência da família Cartwright. Ele vestia roupas que pareciam ser de uma era distante, seu robe brocado era de um vermelho desbotado. Senti um ar de incenso e cedro ao seu redor.

Tenzin ficou de pé.
— Muito obrigado por ter vindo — disse, enquanto inclinava o corpo para a frente, em uma profunda reverência.
— É um privilégio para mim poder servir à Sua Santidade — disse Iogue Tarchin, retribuindo a saudação. — Minhas habilidades são poucas, mas tenho disposição.

Tenzin apontou para a cadeira onde Chogyal costumava se sentar, antes de voltar para sua mesa, para que eles ficassem um de frente para o outro.

— Sua Santidade o tem na mais alta estima — Tenzin disse a Iogue Tarchin. — E valoriza, em especial, sua ajuda com as várias decisões monásticas importantes que precisa tomar quando retornar.

Eu me lembro do quanto Chogyal costumava achar essas decisões difíceis. As políticas monásticas podem ser altamente complexas, e assuntos como autoria, personalidade e linhagem das escrituras tinham de ser primorosamente estudados.

Mas Iogue Tarchin apenas sorriu. Era um sorriso que me lembrava de outra pessoa — Sua Santidade! Parecia sugerir que qualquer que seja a gravidade de uma situação, quando vista sob uma perspectiva de felicidade permanente e de eternidade, poderia se tornar um fardo leve.

— Ah, sim — disse Iogue Tarchin. — Quando decisões são tomadas pelo bem de todos, elas se tornam fáceis. Mas se houver ego — é bem difícil!

Sentado em frente a ele, Tenzin parecia responder à presença relaxada do Iogue. Reparei quando se recostou em sua cadeira de modo mais relaxado que o habitual, com seus ombros menos tensos.

— Nós redigimos uma grande quantidade de correspondência no computador — disse Tenzin, apontando para a tela do computador de Chogyal. — Podemos pedir para alguém ajudá-lo com a parte técnica.

— Muito bom — Iogue Tarchin disse, virando a cadeira para que pudesse ficar de frente para a tela, e depois, pegando o mouse com familiaridade, clicou algumas vezes. — Antes do meu último retiro, usei o *Microsoft Office*. E quem não tem uma conta de e-mail? Mas, fora isso, não sou muito hábil com o computador.

A expressão de Tenzin foi de surpresa. Sem dúvidas, estava percebendo que ninguém deveria julgar a capacidade de um iogue tão rápido. Afinal, uma mente capaz de penetrar as verdades mais sutis, seria mais do que capaz de criar um documento no Word.

Enquanto me acomodava no arquivo, Iogue Tarchin olhou por cima da tela.

— Ah! Irmãzinha! — exclamou, levantando-se de sua cadeira e vindo em minha direção para me acariciar com grande ternura.

— Esta é a Gata do Dalai Lama, também conhecida como GSS — explicou Tenzin.

— Eu sei. já nos conhecemos.

— Por que *Irmãzinha*?

— É só um nome. Ela é minha irmãzinha no Dharma — disse Iogue Tarchin.

Nós dois sabíamos que ele estava se referindo à minha relação com Serena, cujo significado não estava claro para mim agora, assim como não havia ficado da primeira vez. Mas parecia que, naquele momento, compartilhávamos um segredo, uma compreensão, uma verdade que seria revelada na plenitude do tempo.

Depois que Iogue Tarchin voltou à sua mesa, Tenzin olhou para mim e sorriu.

— Acho que vocês são amigos — observou.

Ele assentiu:

— De muitas vidas.

Reparei a diferença no momento em que entrei no Café & Livraria do Himalaia: a cesta sob o balcão estava vazia. Desde que comecei a frequentar o Café, aquela era a primeira vez em que não havia cachorros por lá. Parei, mais por surpresa do que qualquer outra coisa. Por mais estranha que essa confissão possa parecer, por um momento fiquei realmente desapontada. Durante o tempo em que Franc esteve fora, os cachorros e eu havíamos nos tornado bons amigos. Mas, então, me lembrei da chegada inesperada do Franc na noite anterior — do quanto os cachorros ficaram felizes em vê-lo — e fiquei feliz. Sem dúvida, estavam em casa junto com ele. Estava tudo bem.

E foi como me senti no Café também. A visita de Franc na noite anterior pode ter durado apenas dez minutos, mas teve o mesmo efeito que uma tempestade de verão. Toda a tensão que vinha crescendo nos últimos dias foi descarregada em um único e catártico momento. Os passos de Serena estavam mais leves. Sam estava alvoroçado, preparando uma nova e permanente prateleira de sachês de especiarias. Parecia até haver um murmúrio entre a equipe de garçons. Sem dúvida, as coisas estavam em alta no Café & Livraria do Himalaia. E havia uma pessoa, mais que qualquer outra, com a qual Serena queria compartilhar a boa notícia.

Por inúmeras vezes, vi Serena se aproximar do telefone no balcão da recepção, pegar o cartão de Sid e levantar o fone. Em todas as ocasiões, alguma outra coisa acontecia, exigindo sua atenção imediata. Em constante atividade, a recepção do Café não era exatamente o melhor lugar para se ter uma conversa importante. Foi quando o pensamento lhe ocorreu.

Pegando o cartão de Sid mais uma vez, ela se aproximou de Kusali.

— A rua Bougainvillea é essa que passa aqui por trás, não é? — ela perguntou. — A que eu pego para ir para a ioga?

— Sim, senhorita — Kusali confirmou. Então olhou para o cartão e disse: — Número 108. É a casa com o muro branco alto e portão de metal.

— Sério? — Serena olhou em minha direção. — Conheço o lugar. É algum tipo de estabelecimento comercial?

Ele assentiu.

— Acho que sim. Há sempre gente entrando e saindo de lá.

Pude ver a direção que os pensamentos de Serena estavam tomando, e minha curiosidade ficou instantaneamente aguçada. Lembro-me do gramado ondulante e dos cedros altos no dia em que passei uma eternidade em cima do muro do portão. Pensei nos jardins floridos, de cores e fragrância vibrantes, e da construção que parecia imponente e sólida, cheia de cantos e recantos que nós, gatos, gostamos tanto de explorar. Resolvi acompanhá-la na visita.

Ao me lembrar da extensão da colina e do desafio de seu declive — quem poderia esquecer? — decidi ir na frente. Saí do Café, seguindo a ruela de trás, e, com o alerta contra Retrievers ligado, comecei a subir a rua Bougainvillea em direção à propriedade de muros brancos muito altos. Tomei cuidado para ficar perto dos prédios, olhando para trás a todo momento, pronta para correr em busca de um abrigo caso visse qualquer um dos Retrievers ou Serena se aproximando. Sabia que não iria me deixar segui-la tão longe do Café. Mas se eu simplesmente aparecesse quando estivesse quase entrando, que escolha ela teria?

Foi por isso que, depois de Serena apertar o interfone do portão de pedestres na lateral e anunciar sua chegada, eu apareci, por acaso, em volta de seus tornozelos. Que coincidência!

Entramos.

Seguimos um pequeno caminho pavimentado até a casa. Havia um lance de escadas de mármore para a entrada principal, que ficava sob um pórtico. A porta francesa dupla e as maçanetas de bronze polidas conferiam à entrada um ar de formalidade.

Serena abriu uma das portas, e entramos em um grande hall com painéis de madeira, tapetes indianos e uma mesa muito longa de aparência antiga que cheirava a lustra-móvel.

Mas, a não ser por isso, o cômodo estava vazio.

Ainda não sabíamos em que tipo de prédio estávamos. A entrada não possuía nem a impessoalidade fria de um escritório nem o aconchego caloroso de uma casa de família. Em frente, uma porta aberta levava a um corredor. Havia uma outra, à esquerda, que dava para uma recepção. Do lado direito, um lance de escada.

Enquanto contemplávamos isso tudo, um homem de meia-idade, de camisa e gravata, surgiu no corredor e encaminhou-se em nossa direção.

— Posso ajudá-la, senhora? — perguntou a Serena, enquanto olhava para mim, sentada ao seu lado, com uma expressão um tanto alarmada.

Serena assentiu:

— O Sid está, por favor?

Ele parecia confuso.

— Sid — Serena repetiu, procurando dissipar sua confusão. — O que trabalha com TI?

— TI? — ele repetiu, como se fosse a primeira vez que tivesse ouvido falar naquele termo. Lançou um olhar preocupado para a escada, antes de ir naquela direção.

— Vou anunciá-la — disse, enfim.

Antes que o homem atravessasse o hall de entrada, escutamos uma porta se abrir atrás de nós. Sid apareceu no topo da escada. Assim como no outro dia, ele vestia um terno escuro, parecendo distinto e importante.

— Estava olhando da janela há pouco. Imaginei que fosse você — disse, surpreso. Satisfeito, também. Havia ali uma certa reserva?

— Obrigado, Ajit — disse Sid, dispensando o homem que havia nos cumprimentado. Ajit fez uma breve reverência, antes de se afastar.

Enquanto ele descia as escadas, Serena olhou para mim e disse:

— Espero que não se importe, mas parece que fui seguida. Suponho que não permitam gatos aqui.

Chegando ao pé da escada, Sid abriu os braços:

— Claro que sim! Sempre! Um estabelecimento sem gatos não tem alma.

— Tenho novidades que gostaria de compartilhar com você pessoalmente — Serena disse a ele. Seus olhos brilhavam. — Espero que não tenha problema eu ter vindo ao seu escritório.

— Nenhum — disse ele, sorrindo. — Vamos para um lugar onde não seremos perturbados. No entanto, estou esperando um telefonema a qualquer momento que terei de atender.

Sid nos conduziu para um cômodo com sofás, janelas destacadas e largas, e pinturas com molduras douradas. Uma série de portas de vidro davam para a varanda, de onde se podia observar o gramado e os jardins que eu vira antes de uma perspectiva bem diferente.

A varanda era adornada com móveis de vime confortáveis.

Por um momento Serena ficou em pé, olhando para fora, apreciando a beleza do lugar. Havia uma entrada para carros que circundava a propriedade, à sombra de pinheiros altos. Um movimento rápido por entre as árvores chamou sua atenção.

— Oh, olhe! — disse, apontando para a Mercedes branca que subia o caminho lentamente. Atrás do volante, uma figura distinta com um casaco escuro e quepe cinza.

— Ele trabalha aqui? — Serena perguntou.

— Trabalha — respondeu Sid, convidando-a a se sentar.

— Deseja beber alguma coisa? — ofereceu.

Ela balançou a cabeça.

— Não vou me demorar.

Enquanto ele colocava uma cadeira em frente àquela em que Serena estava sentada, cheirei os pés da mobília, que tinha um aroma forte de cera. Em pé sobre minhas patas traseiras, inspecionei o tecido das almofadas, gastas pelo uso. Embora nunca houvesse estado ali antes, senti-me imediatamente à vontade. Pulei em cima de uma das cadeiras perto de Serena para inspecionar a cena ao meu redor.

— Franc apareceu de surpresa no Café ontem à noite — Serena começou.

— Mas já?

Ela assentiu.

— Ele não deu aviso prévio porque não quer voltar como gerente. Não por enquanto. Na verdade — um sorriso iluminou seu rosto —, ele está falando em dividir o trabalho. Quer passar mais tempo fora do Café. E tem mais... — Serena confidenciou. — Aquele negócio de não ter gostado das noites de curry e dos sachês de especiarias foi um mal-entendido.

— O quê?

— Um mal-entendido clássico — disse Serena, balançando a cabeça. — Ele tinha escrito NÃO GOSTEI. EU AMEI! no fim da página e o scanner não pegou a última linha.

Sid sorriu, suas feições se iluminando com as possibilidades.

— Então, em uma pequena visita...?

— Tudo mudou.

Uma forte batida na porta fez os dois olharem para cima.

Um homem de camisa e gravata olhou para Sid e anunciou apressadamente:

— Genebra está na linha.

— Me desculpe! — Sid levantou rapidamente. — Vou ser o mais breve possível.

※

Serena ficou ali, sentada, olhando para os jardins, aproveitando a luz do sol. Seu olhar varreu a folhagem verdejante e depois voltou para a porta por onde Sid havia saído. A curiosidade foi mais forte, e ela voltou para o salão de entrada. Preciso mesmo dizer que a segui?

Uma grande lareira com um revestimento da altura do ombro de Serena cobria uma das paredes. Em cima, um grande quadro de moldura dourada exibia o retrato de um homem indiano vestindo um turbante, terno de colarinho *Nehru* com botões de ouro e uma espada na cintura. Tinha uma expressão austera — e uma semelhança familiar e inconfundível com o Sid.

Pendurado em outra parede, um par de espadas curvas cruzadas, revestidas de couro preto e ouro, junto com vários estandartes de seda bordados com filigranas de prata. Serena absorveu aquilo tudo, antes que sua atenção fosse atraída para uma mesa de canto muito lustrada, onde havia várias fotografias de família à mostra. Algumas em sépia, outra coloridas, as imagens mostravam as gerações da família em retratos com uma ou várias pessoas. Havia várias fotografias de Sid com seus pais, que ela estudou com grande interesse.

Um lado da mesa era reservado para as fotografias de uma jovem mulher. Em algumas ela estava com Sid, e, em outras, estavam acompanhados de uma menina. Havia também fotos da menina sozinha, durante as várias fases de seu crescimento.

Perto de uma janela, um grande quadro enfeitava o ambiente com a pintura de um palácio com cúpula dourada, cercado de palmeiras e um muro alto — o tipo de palácio que Serena havia visto nas capas brilhantes dos livros de mesa sobre arquitetura indiana que Sam vendia na livraria. Ela ficou em pé, olhando para a pintura por um longo tempo, até que ouviu vozes lá fora que chamaram sua atenção.

Das janelas que davam para a entrada dos carros, podíamos ver a Mercedes branca, agora estacionada sob o pórtico. Em pé, ao lado dela, estava o homem de casaco escuro e quepe cinza — que ela pensou que fosse o Marajá.

Falando com ele, estava o homem que chamou Sid ao telefone. Embora não pudéssemos ouvir os detalhes da conversa entre os dois, estava claro que o homem dava ordens ao suposto Marajá.

Serena os observou, mergulhada em seus pensamentos, tentando entender suas conversas enigmáticas com Sid.

— Alguém me disse que ele é o Marajá de Himachal Pradesh — ela dissera a Sid, naquela noite em que voltavam da ioga.

E Sid respondera:

— Ouvi dizer a mesma coisa.

Agora Serena percebia que ele tinha confirmado ter ouvido os mesmos boatos, mas não tinha dito que eram verdade.

Depois houve aquela aparição inesperada do suposto Marajá com os extintores de incêndio, no momento crítico para salvar a casa de Ludo e o estúdio de ioga. Se alguém o tivesse chamado, sua aparição oportuna teria feito mais sentido.

Ainda ontem, Sid relutara em lhe dar seu cartão de visitas, e, quando o entregou, Serena reparou que nele constavam somente as informações de contato, sem nenhuma identificação que as acompanhasse. Por fim, lembrou-se da reação do funcionário de sua equipe há pouco, quando disse que estava ali para ver Sid.

O sentimento que descobrira que tinha por ele e toda a sua consideração e compaixão por ela pareciam tão verdadeiros. Por que todo o mistério?

Ouviu-se um barulho de passos descendo as escadas, e então Sid atravessou o corredor em nossa direção. Ele parou repentinamente ao entrar no salão da recepção e encontrar Serena em frente às fotografias de família.

— Então *você* é o Marajá.

Seu tom era mais de surpresa que de acusação.

A expressão de Sid era solene, e ele assentiu com a cabeça.

— Então, por quê...?

— Paguei um preço muito alto para aprender a importância da discrição. Planejava te contar pessoalmente, Serena. Não esperava que viesse aqui dessa maneira.

— Evidentemente.

Ele apontou para uma cadeira:

— Por favor, deixe-me explicar.

Mais uma vez, os dois se sentaram frente à frente, ela na cadeira e ele no sofá. Mais uma vez cheirei os pés da mobília, dessa vez examinando com intensa curiosidade as cortinas e os tapetes indianos ornamentados. Aqui, também, tudo parecia extremamente familiar, familiar até demais.

— Meu avô herdou uma vasta propriedade quando tinha a minha idade — disse à Serena. — Até mesmo para os padrões opulentos dos marajás imperiais, era um homem muito, muito rico. Seus diamantes eram contados em quilos, suas pérolas medidas em acres, suas barras de ouro, em toneladas.

— Ele também herdou uma equipe com mais de dez mil pessoas, incluindo quarenta concubinas e seus filhos, e mais de mil guarda-costas. Havia vinte pessoas cuja única ocupação era coletar água potável para a família no poço mais próximo, a algumas milhas de distância.

Serena escutava com grande atenção. Pulei no sofá e escorreguei para perto de Sid, testando uma de suas pernas com minha pata direita. Como ele não fez objeção, subi em seu colo, rodei um pouco para achar a melhor posição, e então me acomodei em suas calças listradas. Quando sosseguei, ele me acariciou com tranquilidade. Era como se já tivéssemos nos sentado assim muitas vezes no passado.

— Infelizmente — Sid continuou —, ao contrário de nossos antecessores, meu avô não era um homem muito astuto. Todos tiraram vantagem dele: seus conselheiros, seus serviçais, até mesmo seus supostos amigos. Ao longo dos anos, acabou perdendo todas as suas propriedades e seu dinheiro. Lembro-me de quando meu pai me levou para visitá-lo em seu leito de morte. Naquela época, o palácio estava caindo aos pedaços, despojado da maioria dos objetos de valor, mas, mesmo assim, foi invadido por pessoas que supostamente estavam ali para prestar suas últimas homenagens. Meu pai havia contratado uma empresa privada de segurança para revistar todos que saíam da propriedade. — Sid balançou a cabeça. — Nem posso descrever as *lembrancinhas* que tentaram levar. Quando meu pai se tornou o Marajá, o título já não lhe conferia muita coisa, a não ser uma construção decadente aos pés do Himalaia, para a qual ele nunca mais voltou. Tinha pouco interesse no comércio e, em vez disso, devotou seu tempo à busca espiritual. Ele se inclinou para o budismo, razão pela qual me deu o nome de Sidarta, em homenagem ao nome de batismo do Buddha.

Ronronei.

— Talvez pelo fato de ser tão desapegado do mundo, meu pai não percebeu o que a perda da fortuna da família realmente significava. Ainda vivíamos como se tivéssemos dinheiro, e sempre havia credores solícitos por causa do nome da família. Meu pai quis que eu estudasse fora e acabei me envolvendo com uma garota que também vivia na ilusão de que estava se casando com um herdeiro.

"Quando os credores finalmente perderam a paciência com o meu pai e começaram a ameaçá-lo, ele teve um enfarto e morreu. Minha namorada me deixou. Voltei para casa e encontrei minha mãe de luto e uma montanha de dívidas." — Sid lançou um olhar penetrante aos olhos de Serena. — Desde então, tenho relutado em usar um título e um nome de família que têm sido tão... Problemáticos.

Serena olhou para ele, compassiva.

— Sinto muito por tudo. Deve ter sido terrível.

— Passou. — Ele balançou a cabeça vigorosamente. — Desde então, tenho tido algum sucesso nos negócios. Ao contrário dos meus antepassados, tenho focado no benefício da comunidade, assim como no meu. É por isso que tenho interesse, por exemplo, no comércio justo de especiarias.

Ela sorriu.

— Você está sendo muito modesto. — Serena fez um gesto que abrangia toda a construção e os jardins no entorno e completou: — Parece que você tem conseguido *muito* sucesso. Isso deve deixá-lo feliz.

Sid considerou o que ela disse por um tempo, antes de afirmar:

— Acho que é o contrário. A felicidade vem primeiro, depois o sucesso.

Enquanto Serena ouvia com atenção, ele continuou:

— Quando voltei para a Índia, enfrentei muitos desafios mas, dentro do meu coração, tinha certeza do meu objetivo. Queria conquistar um equilíbrio na minha vida, o equilíbrio que faltou tanto para meu pai quanto para o meu avô. A prática da meditação e da ioga para o bem-estar mental e físico e, claro, atividades comerciais para gerar dinheiro, para mim mesmo e para os outros. Não importava se eu morasse e trabalhasse em um apartamento de dois quartos em cima do mercado. Eu já me sentia parte da comunidade. De formas modestas, era capaz de ajudar. Quando você tem esse contentamento interior, atingindo ou não seus objetivos, acho que o sucesso se torna mais provável.

— O paradoxo do desapego — Serena concordou.

— Nem todo mundo entende.

Serena manteve seu olhar por um longo tempo, antes de apontar para o quadro na parede.

— Essa é a casa da sua família?

Sid assentiu.

— Uma pintura da época do meu avô. Está quase a mesma coisa, mas, aos poucos, estamos restaurando para chegar à sua antiga glória.

— É magnífico!

— O Palácio dos Quatro Pavilhões. Em sua época, era sublime. Agora, é apenas habitável. Minha mãe se mudou de Nova Déli para lá há três anos, com sua família de gatos himalaios. Iguais a essa aqui.

Olhei para o Sid interrogativamente.

Déli. Onde eu nasci. Da gata de uma família rica, que se mudou logo após meu nascimento e ninguém foi capaz de rastrear.

— Você parece estar bem à vontade com ela em seu colo.

— Ah, sim. São criaturas muito especiais, particularmente sensíveis ao humor e à energia das pessoas.

Em seguida, após alguns instantes, ele perguntou:

— Então, você acha que podemos trabalhar juntos e apresentar os sachês de especiarias para o mundo?

Durante algum tempo, eles falaram sobre distribuição, cadeia de fornecedores, propaganda online e endosso de celebridades. Mas eu podia sentir que, sob tudo daquilo, havia algo mais acontecendo. Naquela tarde, com os raios de sol atravessando a janela, era como se Sid e Serena estivessem dançando.

Então, chegou a hora de Serena ir embora e se aprontar para a ioga. Ao sairmos da sala, ela se virou e olhou para o quadro:

— Adoraria ver o Palácio dos Quatro Pavilhões. Você me levaria lá um dia desses?

Sid abriu um sorriso.

— Seria um grande prazer.

Nos encaminhamos para a porta. Do topo da escada, Sid nos observava enquanto andávamos até o portão. Na metade do caminho, Serena olhou por cima dos ombros:

— A propósito... *Sidarta* — disse, protegendo os olhos do sol da tarde — na noite do incêndio: minha echarpe *estava* na varanda, não estava?

Houve uma longa pausa até que Sid assentiu.

Uma brisa de final de tarde trouxe consigo o aroma de dama da noite e sua promessa sensual. Serena beijou a ponta dos dedos e jogou um beijo para Sid.

Com um sorriso, ele trouxe as mãos à frente do seu coração.

Capítulo 11

O dia do retorno de Sua Santidade finalmente havia chegado! Acordando do meu quadragésimo quarto sono sozinha no cobertor de lã, antes mesmo de abrir os olhos, lembrei que o Dalai Lama estaria em casa dentro de algumas horas. Pulei da cama com alegria.

Desde cedo, Jokhang inteiro fervilhava com os preparativos. Do escritório de Sua Santidade vinham os sons da equipe de limpeza, que dava ao lugar os últimos retoques com o aspirador de pó. Quando saí de nossa suíte, após tomar um pouco de café da manhã, flores frescas estavam sendo entregues e colocadas na recepção para dar as boas-vindas não só ao Dalai Lama, mas também aos muitos visitantes que em breve receberia.

No escritório dos assistentes, a cadeira de Tenzin estava vazia. Ele e o motorista estavam a caminho do aeroporto de Kangra para receber Sua Santidade quando desembarcasse. No caminho de volta, Tenzin informaria ao Dalai Lama sobre os assuntos mais urgentes e importantes que exigiam sua atenção.

Do outro lado da mesa, Iogue Tarchin mal acabara de falar com uma pessoa e já havia outra fazendo solicitações. Longe de mostrar qualquer sinal de irritação, lidava com tudo de uma maneira leve e até mesmo brincalhona. Uma leveza invadiu o escritório.

Lamentavelmente, aquele sentimento não estava presente mais adiante no corredor, quando parei na porta do escritório de Lobsang. De modo curioso, sua presença tipicamente serena estava alterada. Por um momento, observei ele arrumar suas prateleiras, classificando os arquivos por números e colocando-os ordenadamente em cima de sua mesa para, enfim, olhar ao redor do escritório de modo distraído. Demorei um pouco até perceber o que ele parecia estar sentindo: apreensão.

Tais preocupações não afligiam outras pessoas em Jokhang. Em vez disso, o que se via era um frisson de celebração. Sua Santidade em breve estaria de volta entre nós, e com ele todo o nosso propósito de estar ali também voltaria.

Havia um fluxo intenso de presentes, pacotes e correspondências importantes. Na sala da equipe, vozes se elevavam com urgência e risadas ecoavam pelo corredor. As pessoas descobriam um significado novo para o seu trabalho. Da cozinha vinham os aromas inconfundíveis da comida da senhora Trinci, enquanto ela preparava o almoço dos primeiros visitantes de Sua Santidade.

Como uma gata de intuição felina bastante desenvolvida, sabia exatamente quando o Dalai Lama chegaria em casa. Então, em vez de ficar descansando no arquivo do escritório dos assistentes, optei pelo meu lugar predileto de quando Sua Santidade estava em casa — o parapeito da janela da recepção principal. Era ali que ele passava a maior parte do tempo, onde eu escutava as conversas mais interessantes. E, como motivo de prioridade felina, dali podia observar todas as idas e vindas do pátio no andar de baixo.

Não eram todas as idas e vindas que eram observadas *de perto*. Afinal, para que tomar café da manhã se não for para tirar uma soneca depois? Sem falar no delicioso efeito sonífero da brisa suave que sopra pela janela aberta. Sendo assim, pouco depois despertei com o som de aplausos que vinha do corredor, do lado de fora. A porta da recepção se abriu e os seguranças fizeram uma última verificação. De repente, Sua Santidade apareceu.

Ele entrou na sala e olhou diretamente para mim. No instante em que nossos olhares se encontraram, fui tomada por uma felicidade muito intensa, quase devastadora. Deixando sua comitiva e seus conselheiros para trás, o Dalai Lama veio diretamente até onde eu estava e me pegou no colo.

— Como você está, minha Pequena Leoa da Neve? —murmurou. — Senti a sua falta!

Ele se virou para que pudéssemos olhar para fora da janela e apreciar o Vale de Kangra. Naquela manhã, no Himalaia, parecia que o ar nunca estivera tão fresco, o céu tão limpo, e o aroma de ciprestes e rododendro tão intenso.

Olhando para o caminho de pedras abaixo, me comunicava em silêncio com Sua Santidade. Enquanto ronronava, ele deu uma risadinha suave, relembrando nossa última conversa antes de sua partida. Será que ia perguntar se eu havia explorado a arte de ronronar?

Não, não precisava.

Nem eu precisava dizer a ele, porque sabia das minhas experiências com uma clareza e uma compaixão muito maiores do que as que eu possuía. O Dalai Lama sabia exatamente o que eu havia aprendido durante o tempo em que esteve fora. Sabia que, ao ouvir aquele psicólogo famoso lá no Café & Livraria do Himalaia, eu havia percebido o quanto, na maior parte das vezes nossas expectativas estão erradas, apesar de todas as nossas ideias sobre o que nos fará felizes. Ele também conhecia a observação de Viktor Frankl, sobre a felicidade como efeito colateral da dedicação de uma pessoa a uma causa maior que ela mesma, e entendeu o quanto essa observação significara para mim.

De Ludo, no estúdio de ioga, aprendi que a felicidade não será encontrada no passado. Gordon Finlay provou, também, que a felicidade não deveria ser esperada em algum futuro projetado. E se eu aprendi alguma coisa com a morte prematura de Chogyal, era que apenas através do entendimento real da fugacidade da vida eu seria capaz de vivenciar cada dia pelo que ele realmente é — um milagre.

Sam Goldberg e sua "Fórmula da Felicidade" me convenceram de que independente das nossas circunstâncias ou do nosso temperamento, cada um de nós possui a capacidade de ser mais feliz por meio de práticas como a meditação. Sem falar que quando ajudamos os outros somos os primeiros a sermos beneficiados. Poderia haver razão melhor para ronronar?

Com o disciplinador do Mosteiro de Namgyal, entendi como muitas vezes o humor está ligado à comida. As crises pessoais enfrentadas por Serena e Sam, que suscitaram a intervenção surpresa Geshe Wangpo, serviram de lições práticas de como cultivar a equanimidade.

Sidarta, o Marajá de Himachal Pradesh parecia ser a prova viva de que a relação entre felicidade e sucesso é o inverso do que muitas pessoas assumem.

Mas foi Iogue Tarchin quem me fez enxergar como eu tinha uma visão limitada da minha própria mente e também do meu potencial de felicidade. E o biólogo inglês deu esperança a todos nós, *sem chens*, ao explicar que todos os seres senscientes possuem a capacidade de um entendimento mais amplo. Que mudança maravilhosa acontece quando conseguimos nos ver como consciências capazes de ter experiências humanas, felinas ou até mesmo caninas, em vez de pessoas, gatos e cachorros capazes de uma experiência consciente.

O Dalai Lama e eu compartilhamos nosso entendimento disso tudo enquanto apreciávamos juntos aquela manhã no Himalaia. E, assim como prometera antes de viajar, o momento havia chegado para dividir seus pensamentos sobre as verdadeiras causas da felicidade — para transmitir a mensagem especialmente destinada a mim e àqueles com os quais eu possuo uma ligação cármica. Já que você ficou comigo esse tempo todo, querido leitor, isso inclui você!

— Há uma sabedoria especial sobre a felicidade — Sua Santidade disse para mim. — Alguns textos a chamam de *O Santo Segredo*. Como a sabedoria, é fácil de explicar, mas difícil de vivenciar.

O Santo Segredo é este: se você quer parar com o seu sofrimento, procure parar com o sofrimento do outro. Se deseja a felicidade, procure a felicidade para o outro. Trocar o pensamento do *eu* pelo pensamento do *outro* — esse é o modo mais eficaz para ser feliz.

Absorvi o significado de suas palavras junto com o ar que soprava pela janela aberta. A ideia de pensar no outro quase tanto quanto eu pensava em mim mesma era realmente desafiadora. GSS, Leoa da Neve, *Rinpoche*, *Swami*, A Mais Bela Criatura Que Já Existiu — esse era o centro da minha consciência a partir do momento em que eu acordava até a hora de dormir o sono profundo da noite.

— Pensar muito em nós mesmos é a causa de muito sofrimento — o Dalai Lama disse. — A ansiedade, a depressão, o ressentimento, o medo. Todos se tornam bem piores quando há muita atenção no *eu*. O mantra "eu, eu, eu" não é muito bom.

Com o segredo revelado por Dalai Lama, percebi que os momentos em que me senti mais infeliz foram quando mais me preocupei comigo mesma. Quando fiquei com raiva de Chogyal por ter mandado alguém lavar o meu cobertor, por exemplo. Naquele momento não pensei na felicidade de mais ninguém — certamente não na de Chogyal!

Em seguida Sua Santidade compartilhou outro ensinamento muito interessante:

— Não é necessário terminar com o sofrimento de todos os seres para terminar com o seu próprio, nem que todos os seres sejam felizes para que você seja feliz. Se fosse esse o caso — disse o Dalai Lama, dando uma risada —, então todos os Buddhas teriam falhado! Podemos aprender a usar esse maravilhoso paradoxo. — Ele olhou para mim, dentro dos meus olhos azuis safira. — Seja sabiamente egoísta, Pequena Leoa da Neve. Ganhe a felicidade para você oferecendo-a ao outro. — Ele ficou em silêncio por alguns momentos, acariciando o meu rosto com grande ternura. — Você já faz isso, eu acho, toda vez que ronrona.

A volta de Sua Santidade foi uma emoção mais que suficiente para um dia. Mas as coisas ainda iriam melhorar.

Uma importante delegação das Nações Unidas iria ficar para o almoço, e eu poderia visitar a senhora Trinci na cozinha. Assim como o esperado, ela premiou a minha visita com um lembrete sobre minha beleza incomparável, e também com uma generosa porção de suculentos camarões, guarnecidos com molho de queijo de cabra. A cremosidade do molho estava tão deliciosa que demorei um pouco para lamber o pires até que ficasse limpo.

Depois, sentei sob a sombra salpicada de raios de sol vespertinos no lado de fora da cozinha, lavando meu rosto, saciada e contente. Sua Santidade estava de volta. A senhora Trinci seria, mais uma vez, visita constante. Meu mundo estava perfeito.

Havia outra coisa pela qual esperar com expectativa: uma pequena cerimônia naquela noite para marcar a reabertura da varanda da Escola de Ioga Downward Dog. Nos últimos dias, a frente da casa do Ludo fervilhava com pedreiros que substituíam as vigas danificadas pelo fogo por suportes de aço mais robustos. Ouvi Serena falar com entusiasmo sobre a varanda recém-reformada, mais forte e maior que a antiga, ornamentada com um lindo tapete tecido à mão que os alunos deram a Ludo. Como a varanda ainda não havia sido usada, Ludo decidiu marcar a ocasião dedicando-a oficialmente a um convidado misterioso.

Como frequentadora da alta sociedade, eu sabia, querido leitor, exatamente quem seria esse convidado. E, sendo meu amigo íntimo, acho que você também deve saber quem é. A ocasião iria reunir muitas das minhas pessoas favoritas sob o mesmo teto. Portanto, decidi que eu, a *Swami* da Escola de Ioga Downward Dog, também deveria ir.

Comecei a subir a rua Bougainvillea no final da tarde. Passei pela loja de especiarias, onde há poucas semanas acontecera uma cena de pânico e caos. Andei pela calçada em que havia me sentido encurralada. Quando estava me aproximando do muro alto e branco da propriedade de Sid, aconteceu. De novo. Os mesmos dois monstros caninos apareceram do nada, vindo direto em minha direção. Só que dessa vez foi diferente. Foi pior.

Não havia para onde escapar.

Um gato mais robusto poderia ter disparado rua acima, subido no muro e escapado lindamente. Mas eu sabia das minhas limitações. Estava sem saída.

Virei de frente para os meus perseguidores e, no exato momento em que me alcançaram, sentei. Minha ação pegou os cachorros totalmente de surpresa, pois vieram atrás de mim em busca de uma divertida perseguição. Frearam com as patas da frente, numa parada atabalhoada. Ao se debruçarem sobre mim, fui envolvida por um hálito sulfuroso e quente. Com as línguas para fora e a saliva pingando de suas bocas, começaram a me cheirar.

O que eu fiz? Eu rosnei. Abrindo a minha boca ao máximo, sibilei com a fúria de uma divindade irada mil vezes maior que eles. Meu coração trovejava, meu pelo estava todo eriçado. Mas, enquanto mostrava minhas presas e escancarava minha boca, as duas feras recuaram, inclinando as cabeças em surpresa.

Essa não era a recepção que esperavam. Muito menos a que gostariam. Um dos monstros avançou com seu focinho a um centímetro do meu rosto. Como um raio, golpeei seu nariz com a minha pata.

A fera soltou um grito estridente, recuando bruscamente com a dor. Estávamos em um impasse. Haviam me encurralado — algo que não tinham exatamente planejado. E, agora que tinha acontecido, não sabiam o que fazer. Minha exibição de ferocidade os deixou completamente sem ação.

Naquele momento exato, o homem alto com paletó tweed chegou.

— Vamos, vocês dois — chamou com tom jocoso. — Deixem o pobre gatinho em paz.

Os cães pareciam aliviados ao serem colocados de volta nas coleiras e levados para longe. Ao observá-los indo embora, descobri, para minha grande surpresa, que eu estava bem menos traumatizada com esse encontro do que esperava. Tinha enfrentado meu pior pesadelo e descobri que conseguia lidar com ele. Era mais forte do que imaginava. Tinha sido um teste, mas eu consegui me livrar dos dois cães salivantes.

Segui o meu caminho, lembrando-me de algo que Sua Santidade havia me dito — que pensar muito em si mesmo é uma causa de sofrimento, e que o medo e a ansiedade pioram quando focamos no eu. De repente, me perguntei se havia ficado suja de especiarias e presa no muro não por causa dos cachorros, mas porque eu havia focado apenas em salvar o meu próprio pelo. Será que teria me saído melhor se tivesse mirado diretamente nos olhos dos meus perseguidores? Será que a chamada autopreservação pode, por vezes, sair pela culatra e se tornar a própria causa da dor?

Ao vencer a luta com as feras, me senti mais robusta e confiante enquanto subia a rua. Podia ser uma gata pequena, e de certa forma aleijada, mas tinha o coração de uma Leoa da

Neve! Tinha confrontado os meus fantasmas. Eu era a *Swami*, a Conquistadora dos Golden Retrievers!

A casa de Ludo estava decorada para a ocasião. A nova coleção de bandeiras de oração tibetanas de cores vivas balançava presa às calhas, contendo várias orações ao vento. O corredor havia sido redecorado e cheirava à tinta fresca. A placa da Escola de Ioga Downward Dog na entrada havia sido reescrita.

O estúdio estava lotado de gente, o maior número de pessoas que já vira ali. Todos os iogues habituais estavam lá, incluindo Merrilee — e seu cantil —, Jordan e Ewing. Muitos outros pareciam nunca ter visto a parte de dentro da sala de prática, mas estavam curiosos com a promessa do convidado misterioso de Ludo. Reconheci alguns clientes do Café e alguns moradores de McLeod Ganj que conhecia das ruas — até mesmo os vizinhos de Ludo, da casa onde o fogo começara. Enquanto passava por entre os colchonetes de ioga para chegar ao meu lugar de sempre, minha presença foi devidamente notada.

Fiquei feliz em encontrar uma pessoa na fila de trás que, embora estivesse fora do seu contexto habitual, era muito familiar. Lobsang parecia mais leve. Sentado tranquilo e sozinho, era um monge aliviado. Sua serenidade havia retornado e, quando se inclinou para me acariciar, reparei em seus olhos cheios de paz.

Na frente da sala, as portas de correr estavam abertas, revelando uma vista espetacular das montanhas do Himalaia.

A nova varanda estava atrás do laço de quatro fitas entrelaçadas — azul, verde, vermelho e dourado — que se agitava suavemente no final da tarde, pronto para ser cortado durante a cerimônia oficial de abertura.

Houve uma agitação na entrada e, então, Serena chegou. Olhando em volta, encontrou Lobsang sozinho na parte de trás da sala e imediatamente caminhou em sua direção.

— Como foi? — sussurrou ao se sentar, inclinando-se para tocar no braço dele.

Lobsang sorriu e assentiu. Parecia ter dificuldade para encontrar as palavras certas.

A expressão de Serena era calorosa.

— Você está bem?

— Não precisei pedir a ele — Lobsang conseguiu dizer. — Quando o encontrei, ele passou alguns minutos dizendo o quanto havia gostado do trabalho que fiz no livro novo. Depois, olhou para mim e disse "Você ainda é um rapaz novo, com muitos talentos. Talvez seja uma boa ideia tentar algo novo, se quiser".

— Ah, Lobsang — ela disse, virando-se para abraçá-lo.

— Termino em seis semanas — ele disse, sua boca contorcida de emoção. — Depois, estou livre para viajar.

— Já pensou para onde vai?

— Sua Santidade me ofereceu uma carta de apresentação endereçada ao abade de um mosteiro na Tailândia. — Seus olhos brilhavam com entusiasmo. — Acho que as minhas aventuras podem começar por lá.

Escutei o que Lobsang dizia com uma forte mistura de emoções. Ele sempre fora uma presença serena em Jokhang, sempre imaginei que fosse permanecer ali. Entristeceu-me saber de sua partida. Mas, nos últimos meses, também percebi que havia alguma coisa errada. Apesar da grande importância do seu trabalho, ele se sentia inquieto, com a necessidade de tomar uma nova direção. Era mais um lembrete de que a única constante é a mudança.

Momentos depois, Sam apareceu por entre a cortina de contas. Depois de dar uma olhada panorâmica na reforma, revistou a sala com a vista. Serena acenou e ele se juntou a ela, seguido por Bronnie.

Quando se sentaram ao seu lado, Serena os olhou bem de perto.

— Estou feliz em vê-los juntos — disse.

— Tem muita coisa legal em Katmandu — murmurou Bronnie —, mas não tem o Sam.

Serena assentiu.

— Então você vai ficar na Índia?

Enquanto Bronnie balançava a cabeça, Sam interrompeu:

— O contrato é de três meses. Bronnie ficará sozinha pelos dois primeiros meses, depois vou me juntar a ela e voltamos os dois para cá.

— Parece um bom acordo — Serena disse.

— Assim poderemos conhecer um pouco mais do Himalaia — explicou Bronnie. — Embora ache que Sam está mais interessado nas livrarias do Mosteiro Copam.

— Hábito de uma vida — observou Serena.

— Uma vez nerd... — disse Sam.

— Super nerd — corrigiu Bronnie, inclinando-se para segurar as mãos do namorado entre as suas.

Ludo apareceu vindo do corredor, encaminhando-se para a porta da sala de prática, mais leonino e flexível que nunca. Vestindo uma túnica branca de algodão e calças de ioga brancas, estava mais arrumado que de costume, pronto para começar o que seria uma sessão de prática bem suave, destinada a apresentar aos iniciantes alguns dos fundamentos da ioga.

Foi quando Ludo estava explicando *Tadasana*, a Postura da Montanha, que Sid chegou, atipicamente atrasado. Achou Serena na fila de trás e se dirigiu para lá. Sem serem solicitados, Sam e Bronnie chegaram para o lado para que Sid e Serena pudessem se sentar juntos.

Eles estavam bem na minha frente. Observei enquanto se moviam pelas sequências de alongamentos, se equilibrando em uma perna só, com seus braços esticados para o teto, seguidos de torções, primeiro para a direita e depois para a esquerda.

A certa altura, Serena virou para o lado errado e, então, ela e Sid ficaram de frente um para o outro. Em vez de fixarem o olhar em um ponto na distância, eles se olharam e mantiveram o olhar durante um minuto de inesperada e inabalada intimidade.

Ludo guiou a turma por uma série de posturas sentadas. Foi quando todos estavam acomodados em *Balasana*, a Postura da Criança, que dois seguranças apareceram. Eles inspecionaram a sala e depois acenaram para Ludo, que disse para todos se sentarem.

Sorrindo, disse:

— Sei a razão verdadeira por que muitos de vocês estão aqui hoje. E é com grande prazer que tenho o privilégio de chamar nosso convidado de honra, Sua Santidade, o décimo quarto Dalai Lama do Tibete, para quem iremos dedicar o nosso Estúdio de Ioga.

O comunicado foi recebido com suspiros de felicidade. Quando Sua Santidade apareceu na porta de entrada, por respeito, todos começaram a se levantar, mas ele gesticulou para que ficassem como estavam.

— Por favor, sentem-se — disse, depois juntou as palmas das mãos à frente do seu coração e fez uma reverência, enquanto olhava para cada um na sala.

Quando o Dalai Lama se encaminha para a parte da frente de uma sala cheia de gente, ele não anda simplesmente por entre as pessoas, mas conversa com muitas no caminho. Naquela noite, enquanto se dirigia para onde Ludo estava, apertou o ombro de Ewing e sorriu ao olhar nos olhos de Merrilee. Quando Sukie juntou suas mãos para reverenciá-lo, gentilmente esticou os braços e segurou suas mãos por um momento. Uma lágrima desceu pelo rosto dela.

Quando Sua Santidade se aproximou de Ludo, a sala ficou em silêncio. Todos sentiam a energia que emanava continuamente, sem esforço algum. Era uma energia que podia mexer com alguém para além dos limites sensoriais do seu *eu*, até a consciência de sua natureza sem limites e o conhecimento reconfortante de que está tudo bem. Parado em frente às portas abertas, o Dalai Lama se rendeu à vista espetacular. Naquela tarde, os elementos da natureza haviam conspirado para organizar um pôr do sol especialmente transcendental. O azul profundo do céu criava um cenário espetacular para os picos cintilantes de cor dourada. Imenso e imutável como o Himalaia geralmente parecia ser, naquele momento as montanhas brilhavam como se fossem uma visão etérea que poderia se dissolver a qualquer momento.

Enquanto Sua Santidade ficava ali em pé, apreciando aquela vista, sua admiração estava sendo passada para todos na sala de prática. Por alguns momentos eternos, estávamos unidos, enfeitiçados. Então, ele se virou para Ludo com um sorriso.

Ludo o saudou formalmente, oferecendo ao Dalai Lama uma echarpe branca, como manda a tradição. Quando Sua Santidade devolveu a echarpe, colocando-a nos ombros de Ludo, segurou suas mãos e disse:

— Meu bom amigo — começou, dando tapinhas nas mãos de Ludo. Depois, olhando para nós, continuou: — Muitos anos atrás, assim que cheguei em Dharamsala, ouvi falar desse alemão que queria ser professor de ioga. *Isso é bom*, pensei. *Os alemães são muito persistentes!*

Houve muitas risadas.

— A atenção plena ao corpo é uma prática fundamental. É muito útil. Se quisermos cultivar a atenção plena, a ioga pode ajudar muito. É por isso que eu sempre digo ao Ludo, "Ensine mais ioga. Irá beneficiar a todos que vierem."

Os olhos do Dalai Lama brilharam por trás de seus óculos, enquanto inspecionava o grupo à sua frente.

— O corpo é como uma arca do tesouro. E a mente é o tesouro. A oportunidade que temos de desenvolver a nossa mente é muito, muito preciosa. A maioria dos seres não possui essa oportunidade. É por isso que devemos cuidar bem do nosso corpo e prestar atenção à nossa saúde. Aproveite ao máximo esta vida para beneficiar o *eu* e beneficiar o outro.

Sua Santidade deu a palavra a Ludo. Depois de dar as boas-vindas ao Dalai Lama, explicou que o nome da Escola de Ioga não era só uma homenagem à postura que agora era conhecida no mundo inteiro, mas também a um cachorro do qual ele tomara conta quando chegou em McLeod Ganj.

Sua Santidade refletiu por alguns instantes, enquanto olhava a fotografia do Lhasa Apso pendurada na parede. Ludo falou sobre como o Dalai Lama o incentivara desde o começo. Agora, várias décadas depois, não poderia imaginar a vida sem este propósito tão especial que era ensinar ioga. O incêndio recente e a restauração da varanda criaram uma oportunidade para começar um novo capítulo para o estúdio, concluiu.

Entoando uma oração em tibetano, o Dalai Lama abençoou a sala de prática e todos os seres ali dentro. Durante aquele breve momento, a atmosfera na sala pareceu mudar. Enquanto a consciência de Sua Santidade tocava as nossas, cada um de nós sentiu algo sagrado e profundo.

Ludo entregou uma tesoura para Sua Santidade e o convidou a cortar a fita da nova varanda. E ele o fez, sob muitos aplausos e muita animação.

Então, Ludo falou:

— Eu já contei à Sua Santidade a história do incêndio e de como as coisas poderiam ter sido muito piores se não fosse pela pequena *Swami*. Ela está aqui esta noite.

— Está?

Quando Sid e Serena se afastaram para o lado, todos os olhares da sala repousaram sobre mim. O Dalai Lama olhou diretamente para mim, com os olhos cheios de amor. Então, olhando novamente para a fotografia do Lhasa Apso pendurada na parede, virou-se para Ludo e disse:

— Estou tão feliz por ela ter encontrado o caminho de volta até você.

Mais tarde, naquela noite, eu estava descansando sobre o cobertor de lã aos pés da cama de Sua Santidade enquanto ele lia. Ao olhá-lo, pensei sobre o comentário que fizera a Ludo, sobre a fotografia na parede na Escola de Ioga e sobre o meu sonho. Também me lembrei de Iogue Tarchin chamando-me de *Irmãzinha* no momento em que viu Serena. E pensei em como me senti confortável com Serena e Sid.

Durante as últimas sete semanas, tive de lidar com as mudanças das minhas percepções sobre a felicidade, mas também descobri que havia desvendado outra coisa — algo tão profundo quanto comovente, por ser completamente inesperado.

Descobri a profundidade da minha ligação com as pessoas mais próximas a mim, uma ligação que ia muito além da minha imaginação. Havia compartilhado vidas inteiras com elas, apesar de não ter acesso a tais lembranças.

O Dalai Lama olhou para mim com um sorriso.

Ao fechar o livro, tirou os óculos e os colocou cuidadosamente na mesinha de cabeceira, e então se inclinou para acariciar o meu rosto.

— Sim, Pequena Leoa da Neve, o fato de estarmos aqui não é uma coincidência. Nós criamos as causas para estarmos juntos. De minha parte, estou muito, muito feliz com isso.

Da minha, também, pensei, ronronando de gratidão.

Sua Santidade apagou a luz.

Que muitos seres sejam beneficiados.

Para informações sobre lançamentos do selo Lúcida Letra,
incluindo a continuação da história da gata do Dalai Lama,
cadastre-se em: www.lucidaletra.com.br

Acesse as transmissões da Hay House em
www.hayhouseradio.com

Impresso em janeiro de 2022 na gráfica Vozes, utilizando-se a fonte ITC
Stone Serif sobre papel offset 90g/m